U0947248

心路

甄伟民 著

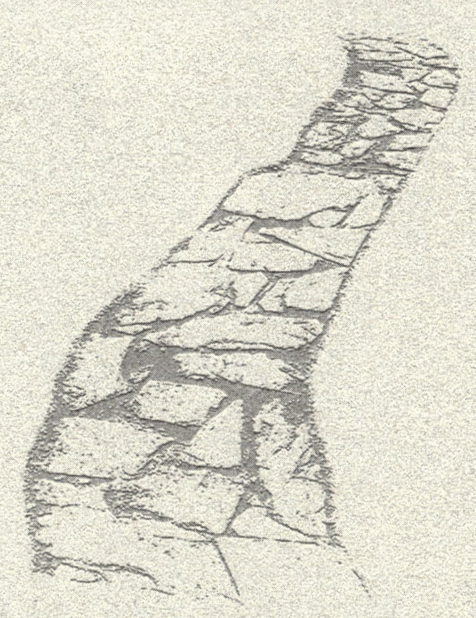

暨南大學出版社
JINAN UNIVERSITY PRESS
中国·广州

图书在版编目（CIP）数据

心路/甄伟民著．—广州：暨南大学出版社，2015.5
ISBN 978-7-5668-1398-5

Ⅰ．①心…　Ⅱ．①甄…　Ⅲ．①中国文学—当代文学—作品综合集
Ⅳ．①I217.2

中国版本图书馆 CIP 数据核字（2015）第 073074 号

出版发行：暨南大学出版社

地　址：中国广州暨南大学
电　话：总编室（8620）85221601
营销部（8620）85225284　85228291　85228292（邮购）
传　真：（8620）85221583（办公室）　85223774（营销部）
邮　编：510630
网　址：http://www.jnupress.com　http://press.jnu.edu.cn

排　版：广州联图广告有限公司
印　刷：台山市彩宁纸品印制有限公司

开　本：889mm×1320mm　1/32
印　张：7.25
字　数：148 千
版　次：2015 年 5 月第 1 版
印　次：2015 年 5 月第 1 次

定　价：25.00 元

挚爱、挚情、挚诚

——品读甄伟民文集《心路》

（代序）

陈灿富

真正与甄伟民先生结识，是在一个春天的乡亲茶会上。怎么说“真正结识”呢？在于我们之前通过文字熟识了，只不过未曾谋面吧。那些年，我任职当地报纸副总编辑，分管文艺副刊。编辑送来的稿件让我审定，其间我看到了他的不少作品。他的诗歌、散文，还有小说故事，文字朴实、简洁，给我留下了深刻印象。那天聚会，与伟民先生聊得最多的，依然是文字。之后经年，陆陆续续拜读到他发表于各种报刊的作品。同时，从他的作品中，我了解到他的警察工作与生活，既丰富多彩，也充满挑战。有次，偶尔与多位任职警察的朋友茶聚，谈到了伟民先生。众人评价说，伟民先生为人挺正直，概括来说，就是满怀正气吧。他曾经在乡间小镇担任交警中队长。他的正气，使他执法有些“不近人情”。个别机动车驾驶员违章，不思改正，往往托人上门求情。可是，即使是亲人出面求情，三番四次劝说他“高抬贵手”，他也不为所动，该处理的就处理。个别人就在背后责骂他“人情冷漠”。可是，挂在他嘴边的，是一段通俗易懂的话语：“交通违章，人命关天。我不希望下一个倒在车轮底下的人，恰好是你这个违反交通规则的人！请交通违章的人，千万记住‘生命不可以重来’的浅显道理。”他的“铁石心肠”，赢得了更多群众的赞誉。所以，他负责管理的地段出奇地“平安”！这样的例子，不胜枚举。立人先立德，德才兼备德为先。他获得的无数奖项，恰恰印证了他的品德与为人。再后来，他先后担任市交通警察大队交管股股长，车管所所长，公安局政工室副主任，派出所教导员、所长等职。长期以来，他热爱自己的职业，无论任职交警、政工干部，抑或派出所民警，他都是全情投入，为事业尽心竭力。自从任职远离城区的派出所所长，工作任务愈加繁重与忙碌，然而，他忙里偷闲时，仍然坚持写作。这也是他乐意陶醉其中的人生一大乐事吧。当然，人民警察并非脱离红尘的圣人，他也是一个凡人，他痴爱他的工作与事业之时，爱他的家庭、妻子、儿子，还侍奉、孝顺双亲！因此，他本职工作的大事小事，细节琐事，包括生活、亲情、爱情、事业，以及人生感受，教人向上的禅语哲理，同样表现于他的文集中。这本文集，洋溢着挚爱、挚情、挚诚，既让人感动，也叫人动情！文集《心路》，分为“爱的跋涉”、“人在旅途”、“故事篇什”、“诗文杂赋”四辑。我认为，其中的诗句、散文，文字都不多，但如作者前言提及的“奉献出人生路途的一点收获、体会，或者充满正能量的观点，则达到我出版文集之目的”。我也认为，文集的可读性、趣味性比较强，朴实自不必说，尤其可贵的，更在于作者对工作、生活、事业的挚爱、挚情与挚诚，如涓涓细流，在每一篇文字中流淌开来。

如第一辑“爱的跋涉”的诗句《执着》，“凝视/落日余晖……只为/那份初衷/那份执着”，淡雅的句子，引人遐想。又如《爱的季节》：“洁白的冬季……无瑕的回忆……”短短的诗行，仿佛看到一个年轻的男孩（或女孩），翘首期盼着与情人相会的场景，令人感慨万端。再如《携手》：“风雨中/我们携手兼程……人生路/总会有喜也有悲/不变的/就是我的片片柔情……”恩爱的男孩女孩，相伴走向幸福未来的情景，抒意于诗句里面。我也格外喜欢阅读文集的第二辑“人在旅途”。“人在旅途”倾注了作者的良苦用心，作者在这一块文字的辛勤耕耘可见一斑。其中的组诗《致交警》，显然就是作者任职交警多年的心声流露，如《致交警（之二）》：“一声悠长的银哨/和合着人、车的音符与和弦……”在此诗行中，一个伫立繁忙街道、挥汗如雨指挥交通的警察形象，让你心内生出敬意。又如散文《人生就是跨栏赛》：“人生就是跨栏赛，而烦恼就是你必须面对的障碍栏，你必须一个一个跨过去，才能平安到达人生的终点……”说出了人们的心声。生活于世，每一个人的面前，肯定就是一片灿烂的阳光，未来就是一片美好与祥和！而在第三辑“故事篇什”，我反复阅读了《那年，那狗，我负它的那感情》，这是一篇充满了浓郁乡土气息的作品，一个发生在人与狗之间的故事。狗是有灵性的动物。作品中的狗的名字叫“小黑”。小黑几乎成了“我”生命的一部分。我上学，小黑会送我一路，直至我入了学校；放学回家，在村口前，远远总会看见小黑摇晃尾巴迎接我回来。我放牛，小黑常常在我前面开路，替我驱赶拦路的蛇虫。小黑对我忠诚老实，相信小黑也感受到了我对它的“爱”。一句话，人与狗之间的爱是“心照不宣”的。遗憾的是，为了大人的一顿狗肉，最后害死小黑的人竟然是“我”。每一个在乡间生活过的人，也许有过相同的经历，于是乎每读一次《那年，那狗，我负它的那感情》，浑身上下似乎充斥了痛感。或许，一个人逐渐长大了，内心会产生无限感悟。其实，人与动物之间的感情，也是一份真情。而蕴藏于少年儿童岁月的记忆，往往犹新，教人唏嘘与惆怅，促使我们在长叹之余，不得不反思、咀嚼和回味。再如《面试》，是一篇表现警察正能量的作品。一个即将升迁的警察，却因救人失去了面试的机会。主人公无悔，我们却替警察惋惜。结尾话题一转，主人公的“救人行为”，却成了他最好的“面试成绩”，让我们会心一笑：生活的美好，始终会回报给善良的人！第四辑“诗文杂赋”，特别是其中的“音乐类”作品，歌词韵律，充满活力，《台山颂——让我告诉你》、《农家情歌》等歌词，抒发出台山人追求新生活的情感，交织着侨乡人开拓进取的风貌。此外，文集中的《人生放言》、《〈乡音侨情〉歌词》、《〈台山警察之歌〉歌词》、《禾草》，以及禅语心悟、哲理小品等，都是值得我们一读的精品文章。

诚然，不可否认，毕竟作者的时间与精力，绝大多数用于他的工作与事业，文学创作仅仅是他的业余爱好，致使某些作品的文字欠缺深度甚至稍显稚嫩。然而，我们实在不需要对作者太过苛求。一个热爱本职工作与事业的人民警察，能够充分利用空闲时间写作一本文集，已经相当不容易矣。

希望作者在今后的日子里，特别在塑造“警察形象”方面多下些功夫，在“创新”及构思方面多深思熟虑，坚信在不久的将来，肯定会向广大读者朋友奉献出表现“人间大爱”的更优秀的作品来。我们深深期待着！

前　言

我自觉是有点笨拙的人。多年来，在工作、学习、生活乃至诸如此类的活动中，或许不甘示弱吧，往往拿自己的弱项与别人的强项比较，这样，落败也就成了常事。

然而，面对挫折与失败，我未曾计较和气馁过，而是注重在失败中学习，在学习中总结经验，在总结中努力提高，在提高中争取赶超。虽然付出的辛劳是别人的数倍，但我从不失望。我坚信，辛勤耕耘就会有收获，就能取长补短，促使自己成熟和进步。就以此文集而言，文学并不是我的专业，更不是我的专长，但自己偏偏喜爱“舞文弄墨”。因此，写出来的东西就可能有点稚嫩，甚至连自己也觉得有点“烂”。不过，兴趣所致，即使身处工作繁忙的警察岗位，依然挤出休息时间，涂涂画画，花些笔墨，希望尽力拼凑出一本集子来。

此外，我还有一个很大的缺点，就是“懒”。写出来的东西懒得修改，常常“随手拈来”即兴而成，这样自然难出“精品”了。

文学大师金庸先生说过：写一部作品需时一年，修改这作品就需时三年，只有这样才能有好作品。于我而言，这一点确实有待改进。但无论怎么说，在写作的道路上，我算尽了自己最大的努力。俗语说得好：丑媳妇终须见家翁。文集终于出版了，只要有朋友喜欢阅读文集里的某一篇诗歌、杂文或小品，我心满意足矣！

涂抹文字经年，也有个别自己觉得相对“满意”的作品，可惜遗失不见了，有些遗憾。期待有一天，能够将这些作品重新收集整理，更觉怡悦如意。

文集由四部分组成，分为“爱的跋涉”、“人在旅途”、“故事篇什”、“诗文杂赋”，都是我工作、生活的写照与感悟。愿与朋友分享其中的快乐、喜悦，当然，也有些人生的淡淡惆怅吧！

由于文集收录的各种体裁作品大多为即兴创作，并带有“台山话”、“顺口溜”的特点，文采不会飞扬，但有一定的可读性、趣味性。其中有些具“禅意”的字句，是我个人的感言小作，相信也能“接地气”吧！我殷切期待，能够为读者朋友们奉献出人生路途的一点收获、体会，或者充满正能量的观点，则达到我出版文集之目的，并愿与读者朋友们共勉。

甄伟民

目　录

心
路
XINLU

爱的跋涉

情 思

濛雾深处人相思，
独处孤楼尤醍醐；
几多情愫几多苦，
看似昙花更似露。

“醍醐”，古时从牛奶中提炼所得的精华，佛教比喻最高的佛法。“醍醐灌顶”指灌输智慧，使人彻底觉悟，比喻高明的意见使人受到很大启发。“醍醐”也形容清凉舒适。

心语 爱意切切，情愫绵绵。有些感情是美好的，虽然它像昙花和露珠一样，刚现即逝，但也正是它的短暂，才让人迷恋和追忆。

回忆虽是美好，但经历的人或事，往往教人眷念。我常沉浸于对过往岁月的思念，又是这样的惦念连片。

追忆过往，品味人生，不一定甜蜜，也不一定美好。有时细嚼苦涩的年华，体会深情中的伤痛，感受那份凄美，也另有一番景况。

人生就是这样，有几多的情，就有几多的甜与苦。甜也好，苦也罢，都像昙花和露珠，一现即逝。珍惜还是可惜？随缘吧！

春 逝

荏苒时光纵即逝，
饱蘸激情早伤怀；
悠长愁怨伏心际，
青丝白发伴喃呢。

①“纵即逝”，同稍纵即逝，指光阴飞快。

②“蘸”，在液体、粉末或糊状的东西里沾一下就拿出来。“饱蘸”形容吸取很多。

③“喃呢”，原词是“呢喃”。“呢”与“喃”是既独立又可组合的字，其意思相同，指燕子的叫声，也指小声说话的声音，此处指人生很多的时间，就是在细声碎语的琐事中度过。

心语 此诗是我对人生短暂、无常有感而发。当努力几十年后，有朝一日蓦然回首，发觉人生已剩无几。

人生大多这样，在悠长的呢喃碎语中，忙碌演绎着各种角色，重复着生活的各种琐事。而满头的青丝，在不知不觉间，渐渐变成了白发。到最后，什么金钱、地位、情爱，都一一流走，身边也没有任何属于你的东西，甚至连回忆都将不属于你。

你怎么看？此诗表达“平淡看人生，笑意盈人间”的随和、平淡之心境。

蝶恋花

蝶之翩翩，
舞乎？
花之争艳，
国色天香；
情归何处？
蝶恋花。

心语 此诗写于1997年，我与妻子恋爱期间。

在一个明媚的春天，我与恋人相约于台城人工湖畔。当我将一束美丽的鲜花送给恋人时，一只漂亮的蝴蝶飞过来，停留在花朵上翩翩起舞。此刻，鲜艳的花朵与恋人红润的脸庞相映生辉，一幅浪漫诗意的图画呈现眼前，令人愉悦。这一刻，时间凝固了，爱情的诗篇定格在我的心坎里面。于是，我即兴写下此诗送给恋人。

虽然时过境迁，但一旦追忆，总能让人联想翩翩，记忆中的画面总是如此美不胜收！

蝶与花的关系常被人用来抒发情怀，特别喻作美丽动人的爱情故事。

蝴蝶吸取花汁而传播花粉，本是自然界中一种相互依存的生物现象，既平凡又常见，而一旦用于比喻“情”与“爱”，就令人构思无限，撩人心弦。

你看：蝶之翩翩而飞舞，花之争艳而芳香，情于此处蝶恋花！美哉！妙哉！

执着

凝视
落日余晖
心中
掠过一丝凄清
勾起那
撕心的痛惜 并
化成后羿的神箭
将我
青春的热忱
射落
何故受伤
何故惨淡
只为
那份初衷
那份执着

伤别离

柔情蜜意两心知，
海誓山盟月老喜；
偏遭家严逼情离，
芳心永别空余痴；
铮铮傲骨独伤悲，
愿诗来世比翼飞。

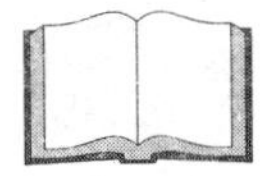

“晖”，太阳的光线。

我怀揣着爱的美梦，沉浸于少男的钟情与少女的怀春中，执着于青春的热忱与一往无前的追求。但残酷的现实，就像一把无情的利剑，直插孱弱的心脏，让我无法喘息。

此时，我感受着随脉搏跳动的阵阵痛楚，写下以上两首诗。在凝固的时空里，看着自己一滴滴的泪水滴落纸上，挟带着情与爱慢慢渗融于文字，感受着那种悲情痛绝的凄美，借文字诉衷情。真是：铮铮傲骨独伤悲！

1990 年，我 21 岁，正值钟情年华。一次回到家中，见

母亲在做媒，托媒的是位中年妇女，她带着一名与我年龄相仿的女儿来相亲。而相亲的男方是稍有残疾的大龄青年。少女的母亲知道男方即将移民外国，所以愿以女儿许配（当时本地流行移民，认为出国能给贫困的家庭带来希望）。但少女面无表情，极不愿意。我与少女经目光交流，即一见钟情，并生出怜爱之意。

少女回家后，我对母亲讲明心迹，并要求母亲帮忙成全好事，绝不能让少女嫁与她不爱之人。

母亲应承并从中传信，秘密传情数月后被少女母亲识破。我与少女将谈情地改在她工作的地方——广州，且维系纯洁的爱情有半年之长。然而，少女最终不敢违抗父母之命，致使两人之间一段刻骨铭心的爱情中断了。

真是：有缘无分空痴想，有分无缘暗凄凉。

思 春

投向忧叹的
远方
捎去那苦涩的
思念
可否 默许
撩心的爱意
只寄予
北风挟裹的
飘雪
带给我一个
洁白如你的
春天
那孤涸的心田 迸发
一种慰藉
成就出 一片
白由的明丽
飘曳着
醉人的芬芳
那仅有一次的青春
就会

融入这季节
沐浴春光

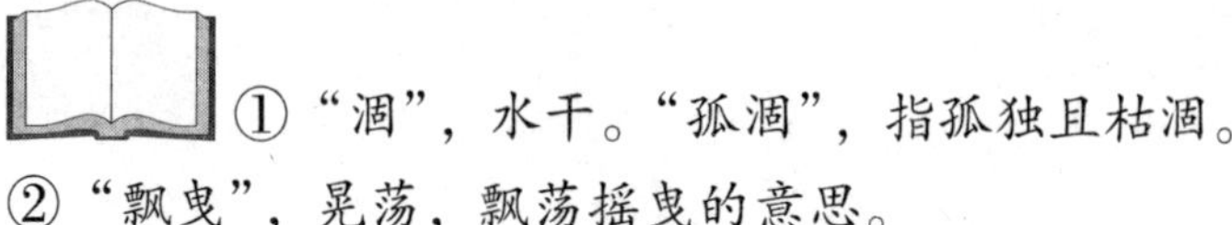

①“涸”，水干。“孤涸”，指孤独且枯涸。

②“飘曳”，晃荡，飘荡摇曳的意思。

追梦的年龄，才有爱的冲动，有冲动才有奇迹。此诗是我孤身前往杭州寻找“心中女神”时所作。杭州一行，虽然没有爱的收获，也没有爱的奇迹，但多了一份心的历程，也多了一份爱的追忆。

1991年，我在某派出所当警察，在北京办事之后乘火车返回广州。火车上的治安差，乘警见我有公安工作证，就邀请我担任列车临时治安联防员，手臂挂上红臂章。

这时，恰逢华东水灾后期，与我同乘17号车厢的一家五口（其中有两名小孩），因家乡水灾到南方投靠亲戚。其中有一年轻貌美的姑娘坐于我对面座位。

途中，同一车厢内有几个流氓无赖，见少女貌美，遂起邪念，多次欺凌她。整个17号车厢的乘客及乘警竟然无人制止，少女一家人只能忍气吞声，任人凌辱。我年少气高，见义勇为上前制止，遭到无赖殴打受伤。

我遭打，整个车厢依然无人过问，乘警竟然如此回答：因治安太差，我们管不了。我听后极其气愤，将手臂上的联防员红臂章扯下，扔在地上。

此时，被欺凌的少女泪流满面，感激且无助地望着我，这也是我最大的欣慰了。

到达广州后，我与少女一家人辞行。少女对我耳语："我家住杭州，有缘分就找我。"我望着少女远去的倩影，思绪万千。

就为少女这一句"我家住杭州，有缘分就找我"，我半年后孤身前往杭州。因没有少女的地址，只能漫无目的地碰运气，幻想着某一时刻，在某一浪漫的小角落，能遇到心中的女神，成就一段美丽动人的爱情故事。

世间人事何止万千，也不一定事事都有结果，但努力过、争取过，就肯定不会留下遗憾。而没有结果的结局，或许就是最好的结局。

你看：只要心中有爱，哪怕是孤涸的心田，依然能迸发一种慰藉，也能成就出一片白由的明丽，那仅有一次的青春，就能沐浴春光。

荒 春

正当忧愁
那荒芜的时候
你带着醉人的笑靥
披着春风的碎语
将那爱意
洒向这片荒地
是的
春意已浓
大地披绿
不应荒废
不应再孤独

“笑靥”，指酒窝、笑脸。

心语 此诗作于我高考失败当年，其时我的学业、感情都处于空档时期。期间，我在某工厂上班，认识一位从海南回到台山打工的女孩。女孩因早恋，被父母带回老家，交其叔父管教。我得知此情，顿生怜爱之意，处处倾心照顾

女孩。

相处了一段时间后，我们之间萌生了爱意。正当我俩沐浴爱河之际，却遭到女孩的叔父、叔母极力反对。其理由很简单：嫁给我没有前途！他们瞒着我，找寻机会将女孩带走了。从此，女孩与我彻底失去了联系。我本已“荒芜”的心田，此刻更觉“荒芜”，很长一段时间怏怏不乐。

女孩叔母曾当面骂过我一句：“嫁给你没有前途！”道出了世人的现实。这句话是对或错，姑且不予评论，也许他们对女孩的寄望和初衷是出于好心吧？虽然真爱遭受阻挠而一去不复还，但这一句话，在日后近三十年当中，时常在我耳边回响，我竟然没有半点怨恨和不服气，它反而更像一条无形的教鞭，不时鞭策着我，特别是在我遇到困难的时候，教我努力不停步。

人生路漫漫，总要遇见诸多的人，历经诸多的事，当中不乏灰暗之事情。不过，任何事情都隐含着一些道理或教诲，哪怕是坏事，只要我们用正确、负责的人生态度去对待，同样也能从中吸取奋发、开拓，甚至受用一世的正能量。

寻 航

一叶扁舟
航行于
茫茫人海
承载一颗
渴求的心
涂涂 驶向你
迎着风浪
冒昧闯进 你的
港湾
是否能有
热情的泊岸
然后
盛载而还

觅

风雨打湿的思绪

飘落在

这个盎然的季节

寻觅

那朵皎洁如你的花

续写

一个古老而美丽的动人传说

上两首诗属同一时期所作。

1992 年，我认识了一位在某银行工作的女孩，初步交往后就喜欢上她了。可惜，后来我担心自己乃“一介莽夫”，不一定配得起对方。在这种复杂的心态交织下，撰写此诗。诗句不长，却是我当时情感的真实流露与抒发。

没有缘分的感情，终结于适当的时分。也许这样的坦承表白，更能表现出“那朵皎洁如你的花”和“一个古老而美丽的动人传说”。这样，就能永远弥留心间，甜沁心脾。

爱的季节

带着痛楚
与你 邂逅于
洁白的冬季
一丝悲悯
吞噬
无瑕的回忆
无论你于何方
勿忘
这纯洁的季节
勿忘
我的爱

心语 1989 年冬，我在某派出所的反扒工作中，抓获一个将近 18 岁的外地女扒手。在办案过程中，得知此女孩因父亲早亡，母亲重病在家无钱医治而走上小偷小摸的歪路。

我闻悉女孩的实际情况，在疾恶之余萌生同情之心。我希望能够以纯真无邪的爱感动对方，希望对方真正改过自新，靠自己的辛勤劳动挣钱，既能给母亲治病又能过上好生活。

那年那天，当遣送（当时有收容遣送制度）女孩返回原籍时，北方适逢大雪，恰好当天又是她 18 岁的生日。我站在皑皑白雪中，写下此诗交给她，真诚鼓励她有一个新的开始，树立一个纯洁的形象（后来，我与此重新走上正路的女孩有书信来往多年，我也给予对方生活方面的一些支持帮助）。

对此，我以诗抒怀。我觉得，人活在世上，就难免有困难的时候，除了自己积极面对外，还需要社会的关怀和支持。如果大家都能向有困难的人伸出援助之手，对有需要的人给予关心和帮助，社会就能更和谐，世界也将更美好！

每一个人，以挚诚、挚情之心，去关心、帮助有需要的人，就会有意想不到的收获，这也叫作“赠人玫瑰，手留余香”！

携 手

风雨中
我们携手兼程
一路上
就不会感觉泥泞
人生路
总会有喜也有悲
不变的
就是我的片片柔情

此诗是我特意写给妻子的一首亲情诗。

当时，我恰逢家境困难，但妻子给予我各方面的帮助、安慰和鼓励，两人携手前行，正如人们常讲的“患难与共”吧。夫妻之间的深厚感情，也许于此可见一斑！

无论在工作、生活或是婚姻中，即使遭遇天大的困难与挫折，只要大家齐心协力，世上就没有跨不过去的坎。

我由衷地期待，世上的每一个家庭，每一个人，特别是夫妻之间，可以做到：风雨兼程，相伴柔情；夫妻同心，其利断金！

春之情怀

春光乍现，
情意融融暖心扉，
无奈长情冰封于昨日；
明媚娇艳，
不羁情怀渐复苏，
明媚春光捧花入胸怀。
惜花之人，
窃花不能算偷。

蝶之春

淡淡情愫心底连，
青灯独对夜难眠；
春光还现明媚天，
蝴蝶双双舞翩跹。

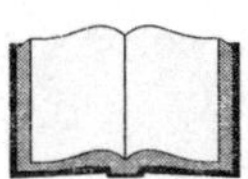

“翩跹”，指轻快地跳舞。

上述两首诗是写给一位名叫“春光明媚”的已婚女性朋友。

某个细雨纷飞之夜，偶遇一女子，经交往遂生好意。后来，了解她恋情空虚之事。诚然，作为好朋友，我们之间经常联系，东南西北事，无所不谈。不可否认，诗句中隐含少许撩人的情愫。但最重要的，是我们始终保持着纯洁的友谊。于是，遂作诗二首，既记录这一次雨夜的邂逅，也记录这一段融合情谊的往事，更祝福对方家庭和睦，重新开拓一片幸福的新天地。

有人说过，感情分为多种，其中男女私情最多，也最复杂。一旦男女之间融入感情的因素，就有可能产生微妙的变化。如果放纵情欲，而将伦理道德置之不顾，则害人害己害家庭，甚至危及社会。反之，能用真挚的友情关爱对方，则能利己及人，友情长存。

美

美，世人求之，
美，凡人妒之；
美，源于心而表于靥；
美，怡人，也毁人；
慎乎！

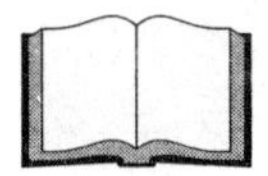
“靥”，指酒窝。

心语 我曾认识一位女性朋友，时年二十出头。她有漂亮的脸靥，婀娜的身段，常于朋友面前炫耀自己的美丽。此人虽不作恶，却从不行善，真是貌美却心丑。

我与此女子交往中，有感而写此诗。也曾忠告她，再不与人为善，待到30岁后，样貌会随心灵而变丑，到时将美丽不再。所谓“相由心生”就是这个道理，30岁以前相貌是父母遗传的，以后就是由自己的心境决定了。

人是否美丽，不在外表，而在内心。一个没有善心的人，其一言一行都可能刺痛别人；一个充满爱心的人，则慈眉善目，与人为亲。

美丽，是每个人都渴求的，却又常令别人嫉妒。定当慎之！慎之！善护心境，定当貌美。

恋江南

花开春暖愫连天，
梦萦江南两地情；
烟雨柳绿舞翩跹，
遥寄眷念忆情绵。

①“愫”，指真情实意。
②“梦萦”，做梦都在想着的意思。

心语 在一个春雨连绵的日子，我独处孤楼，眺望窗外，忆念曾经的一段温情。虽已事过境迁，仍思绪万千，一种美好与温馨在心头逐渐洋溢，故作此诗。

你看，在那春暖花开的季节里，人是那样的思念，又是那样的情意绵绵。在烟雨江南的水岸旁，那随风起舞的杨柳，像一位绿衣少女，扭动婀娜的身姿，是那样的迷人，那样的好逑，真叫人忆念连连。

寒冬雨声

寒冬雨声夜连绵，
忆往惜今更难眠；
逢春长芽初成树，
不堪狂风折新枝；
明月虽好遭雾侵，
试问苍天情何忍？

心语 寒冬的冷风挟裹着夜雨，更是刺骨，想起生活经历过的各种挫折，真叫人难以入眠。看到儿子事业刚起步，自己却偏遭重创。试问刚长出来的新枝，何能承受狂风的摧残？明月当空照，月色本应皎洁，却被一层层的浓雾遮掩，变得暗淡无光。可惜，可叹！难道这就是人生？

此诗是有感于一位网友“寒冬雨声”的人生经历而写。此朋友曾多次事业失意，且在儿子事业刚起步时遭受重创。但他坚强拼搏，不曾放弃，并未因困难而折服，最终经过自己努力，闯出一片新天地。可喜，可贺！或许这才是人生！

其实，人生就应该这样，面对困难挫折不气馁。有句老话说得好：不经历风雨，怎么见彩虹？只要积极面对，困难毕竟是暂时的，美好的明天终将到来！

朋友，当面对困难时，你是“怨恨明月遭雾侵”，是“可叹新树遭风折”，还是在“试问苍天情何忍”呢？

其实，这一切都无须追问，更不用自怨自艾。只要你勇敢地作出抉择，相信苍天已经为你准备一个很好的答案了。

人生几许

荷塘柳绿数莺语，
忽觉人生无几许；
功名利禄拂袖去，
一壶禅茶君已醉。

①“拂袖”，拂袖而去，表示愤怒、不悦。此处指不在乎、舍弃的意思。

②“已醉”，指知足常乐，满足于清茶淡饭，并常置身世事之外。

心语 此诗写于不惑之年，也是我经年感悟之后，觉得世间诸事万物，功名利禄都已看淡，并能知足常乐，满足于清茶淡饭，醉心于世事之外。诗意尽显潇洒的人生禅境。

你还在为浮华忙碌，为功名争斗吗？现有清茶一杯，请君用心品尝吧。

等 待

飘逸的
彩云
像孩童的
笑脸
携一缕青烟
冲上永恒的
蓝天

思念
仿如清晨的
露珠
在梦里依洄
消逝

一丝柔柔的
清风
游弋而过
拂走
那斑斓的

回帆
甘净的霖露
霏霏飘洒
漪涟我沉睡的
愁愫

我驾一叶扁舟
在蒙蒙的
季节
寻寻觅觅
信念是那
直航的舟
夙愿是那
破浪的帆
何处方有避风的
港湾
何时才有热情的
泊岸

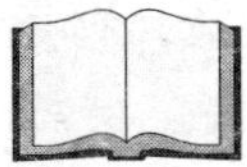
“依洄”，水回旋而流淌的意思。

心语 1993年期间，我是一名普通的交通警察，曾经历过一段挫折与失意。因此，有些浪荡不羁，并怀着“得过且过”的心态，甚至可说是虚度年华了。

当然，此诗从另一个角度来说，也体现出我不甘单纯泊于“避风的港湾”的心态。我好想“驾着一叶扁舟”，在“蒙蒙的季节”“寻寻觅觅”，期待有一天通过努力，争取实现人生的目标。

我说，人生不能等待，机会不可重来，只有努力，才能实现人生的目标。对于“机会”，我认为有两种含义。

第一种是世人所说的“机会”，我将其定位为“外在因素”。人生一世当中，有很多不确定的外在因素出现，当中就不缺乏机遇，这就是人们常说的“机会”。如能遇上“机会”，一旦抓住，就能在某方面得到改善或提升；而一旦错过，就非常可惜了。这种“机会”极易错失，欲求成功，不能单靠这种偶然出现的“机会”。但偏偏很多人都在等待这种“时机”。其实，你坐等机会的时候，真正的“机会”已在不经意间从你身边溜走了。因为这种“外在因素”，存在偶然性与不确定性。

第二种是我认为的“机会”，我将其定位为“内在因素”，也叫“内功”。人生真正的“机会”只有一个，它叫“人生责任”。这种“机会”不属于“机遇”类型，它是不会偶然出现的。这种“机会”的形成有两个因素。一是“修为”，也叫“修身”，就是遵循儒家五常——仁、义、礼、智、信；二是“作为”，就是努力拼搏和积极争取，认真做好工作本分。有了“修为”和“作为”，你方能长久拥有“机会”。也就是说，你只要修好“内功”，“机会”将永远属于你，它不会流失，一旦遇到“外在因素”的机会出现，“内外结合”，就可供你受用一世。

如果属于第一种“坐等机会”的人，也有可能侥幸成功，但不是绝对，而且根基不牢。因为，凡是外在的东西都很容易流失；而第二种“创建机会”的人，绝对能成功，而且根基永固，因为，只有内在的东西才永远属于自己。

因此，只要你做好本分，修好“内功”，用自己的努力去创建“人生责任”这个唯一、真正的机会，相信成功已经在不远处等待着你了！

笑看人世

家严刚从牢狱回，
我为偿债卖家财；
又遭阎王索命来，
慈母无力承此灾。
家破人亡今何诗？
欲寻短见将命赔。
忽觉灵鹫一道光，
尽扫悲苦与绝望；
遥见心田坐一君，
原是自性不动尊。
人生无常谁在愁？
缘聚缘散应看透；
叫我开怀一声笑，
笑看人间万事了。

①“灵鹫”，指灵鹫山，我国的四川和印度都有灵鹫山，均是佛教圣山。有佛陀曾在印度的灵鹫山说法。此处指人的额头。

②“不动尊”，指人的本性、真我。佛教指佛性，即佛。

心语 1993 年，我父亲任村委会支部书记，因与某商人产生经济纠纷，被政府免职，并接受检察院审查。后经结算，需要交还对方一笔数额较大的款项。我变卖房屋及家财，再向亲朋好友借几万元，凑齐后交予检察院，父亲才得以回到租住（因房屋已变卖）的家中。真是：我为偿债卖家财。

第二天，父亲觉得口腔不舒服，到医院检查。医生拿着化验报告单说，父亲属于口腔癌晚期，建议到省医院治疗。真是：又遭阎王索命来。

这对于连房屋都变卖才凑够钱偿还债务的家庭来讲，无疑是雪上加霜。母亲悲痛欲绝，已是“无力承此灾”，悲痛欲绝而卧床不起。我当时 24 岁，也觉得走投无路。正陷绝望之际，忽然有一道暖流自心间深处流淌而出，顿时醒悟了很多。人走世间一趟，有太多美好的东西值得留恋，不要轻言放弃，平淡看人生，幸福自然来。

于是，我笑着回到家中，对伤心欲绝的父母亲，宣讲人生无常，让大家好好珍惜每一天。真是：缘聚缘散应看透。

当时，父母亲用奇怪的眼光望着我，无语。

一周后，我再次带父亲到医院复查。医生说上次看错了检查结果，其实我父亲没病，更无绝症（父亲现在还健在）。家人欲骂医生，我即制止，还上前多谢医生。同时，我对家人说：“难道你们希望医生原本的结论是准确的吗？搞错了就表示父亲没病，不是更好吗？”

其实，世事就是这样简单，你换个角度来看，坏事也有可能变好事，就算不能变好事，也不一定就是坏事。

真是：叫我开怀一声笑，笑看人间万事了！

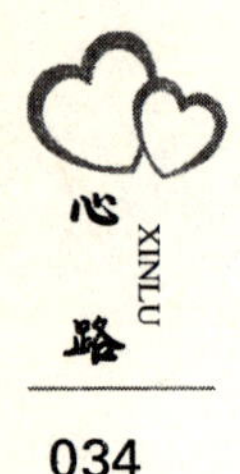

降波旬

昨夜南柯遇美眉，
摆弄风骚除脱衣；
身姿万千展婀娜，
圆润裸露贴心窝。
吾心不惑有定功，
平日精进急时用；
识破幻相乃魔军，
弥陀一声降波旬。

①“波旬”，佛教中的魔王，其法力极高，统领众魔，并想尽各种办法来扰乱正法，从而阻人觉悟，壮大魔军。

②“南柯”，即南柯一梦，在梦中的意思。

③“定功”，佛教中的禅定功夫，定功深就不被外境所动。在生活中，各人有各自不同的定力，相似于稳重、成熟。

有一天，我在睡梦中梦到一美女。她走到我的

床前，徐徐脱去衣服，摆弄婀娜的玉体，妩媚万端地做出各种风骚的动作。我却无贪色之意，故没有受淫荡女子引诱，并知其乃是梦中幻象，就一心专念“阿弥陀佛”。一会儿工夫，该美貌女子消失。当时，我仍沉睡梦中。

第二天早晨，妻子笑说我在梦中念佛，将她吵醒。对于妻子的善意提醒，我一笑而过。我平日喜欢查读禅语佛偈，从中可以学习与人生密切相关的生活哲理。我并非迷信，心中知此幻象，乃是南柯一梦罢了。然而，我更想说的是，世相万千，欲壑千万，只要自己心无邪念，有坚强的意志与信念，公心做事，正心做人，不被私欲所俘虏，就能百毒不侵，驱逐心坎里面的“魔王”，从而刚强立于世，生活则自然安稳！

真心对待家人，夫妻感情好，家庭就能和睦幸福！

不睡了

悲喜荣辱数十载，
试问众生谁例外？
常见初春花未开，
原是执迷终不悔；
长睡梦中今醒来，
如来带我赴法会。

①“初春花未开”，比喻学习很多道理，很负责任地做人和认真地做事（初春），但还是没有放开心性，常计较于人前（花未开）。这句话指人还是执迷不悟的意思。

②“终不悔”，指长期执迷于财、色、名、食、睡等尘劳世事，还没有觉悟过来。

③“法会”，专指佛教聚会，佛陀在聚会上宣讲经法称为法会。而会众都能闻法得乐。

心语 我对人生、社会、工作和家庭都竭尽全力，各方面都努力拼搏，得到很多认同，也有一些批评；得到欢笑的同时也遭受过痛苦。后来，发觉原来人人都是一样，只要

你还是执迷不悟，还在梦境般的人生中没有醒悟过来，就必然在痛苦中挣扎求存，在追逐名利时无缘快乐。就算有一点所谓的“快乐”，也是短暂的。这就是“花逢春而不开”的意思。只有当你真正放下时，从如梦的人生中醒悟过来，你才能春风扑面，心情怡悦，幸福之花也就开在你面前。

春花正盛开，你还在酣睡吗？

借给我一年时间

请借给我一年的时间，我带你到一个隔世的地方，远离尘世的喧嚣，沐浴浪漫与缠绵！

请借给我一年的时间，我带你到一个远古的部落，远离尘世的烦恼，独守古朴与纯真！

请借给我一年的时间，我带你到一个偏远的小镇，抛弃浮华的追逐，见证爱情与誓言！

请借给我一年的时间，我带你回到现实的大都市，融入繁华与忙碌，续写不老的传说！

这样，我的血液就为你而流动不息；我的热情就为你而豪迈奔放；我的天地就为你而开创守护。你醉人的笑靥就能灿烂甜蜜；你单纯的信念就更艳丽多姿；你漂泊的柔情就能安适停托！

是的，幸福的时光总是稍纵即逝，而你却知足地说，收获了富足的一年。从春流到夏，秋流到冬，天天在变，不变的就是我的片片柔情。

一年过得很快，我独自挠头，挖空心思，意图抵赖，赖着永不退还的借来的一年，让它年复一年，年年岁岁，岁岁月月，直到永远，将爱定格！

苍天可怜惜？眷顾有情人！

心语 我刚与妻子认识的时候，她还是一位涉世未深、温顺知足的女孩。恰恰是这种小鸟依人的女孩，让男人自觉承担，让男人努力拼搏，并能让男人体现自身的威武与价值。

当时，我沉浸在热恋中，并没有多余的想法，为心爱的女孩倾尽所有都不为过，目的只想让她幸福、快乐。

大凡热恋的情人，都有一种美好的心境和愿望。但自己是一名人民警察，工作较为繁重。不管是现在，还是遥远的未来，“时间”与“呵护”都将是自己感情的“薄弱环节”和“致命伤”。

在工作与爱情（家庭）两难相顾的思虑中，有感而写此文。希望能“放假一年”，放下工作重担，放松高度绷紧的神经，轻松享受浪漫，厮守爱情。这既是我对妻子的亏欠，也是我对浪漫的向往和希冀。

因职业缘故，只能在心灵中空出一片“净土”，让心自由飞翔——与爱人享受“借来”的一年假期。

人在旅途

信　念

——献给警嫂们

那天，为你披上圣洁的婚纱，你我的生命就画上了等号。我问你：可会后悔？你将嫁给艰辛与寂寥！你说你读不懂后悔，只想读透我。

从此，你将情与爱汇成诗篇，默默融进我的威武；你用女性特有的温柔，为我筑起避风的港湾；你含辛的泪水，滋润着我坚守的信念；你在我耳边呢喃，叫我安心前进，但要平安回家；你候家盼归的眼神，激昂着我的斗志；你那一头亮丽的黑发，为点缀人间的祥和而过早枯黄；你那困倦的笑靥，为我铺就了鲜花般的前进道路。

从此，你的生命多了一份操劳，更多了一份牵挂；我的生命，多了一份执着，更多了一份使命。这样，你那古朴的生命也就有了幸福和满足；你那单纯的信念，就有了慰藉。而为我响起的掌声和鲜花的簇拥，正是你黯然流逝的青春。

此文是我在妻子30岁生日时所写。

彼时，妻子一头乌亮的头发逐渐枯黄，双手因做家务而老茧遍布，身材亦因生孩子而走样。对这些，妻子却从来没有半点怨言。而我每天工作回家后，妻子微笑着为我盛上来

的，就是一碗靓汤和热饭，我除了幸福之外就是感恩。

其实，每一位警察都因工作忙碌，常常无法照顾家庭。男人在家的时间少了，女人就要既当娘又当爹，除了体力辛劳外，还要承受孤单与寂寞。

因此，特写此文送予妻子，除了感谢妻子对我工作的支持，对家庭的付出外，同时送给我们亲爱的、敬爱的、无私奉献的各位警嫂和家属们。你们辛苦了！

真是：功勋章里有我的一半，也有你的一半！祖国昌盛有我的贡献，也有你的贡献！

小 雨

天空一片灰暗，小雨淅淅地下个不停，它不去滋润北方的旱枯，却偏泛滥南方的低洼，欲将那火的情感冲淡、打灭。小雨，化成难断的思绪点滴洒下，偏要告诉那执着的人——情可淡如水。

天空一片灰暗，小雨淅淅地下个不停，它不去化成洁白的雪花，却要汇流成河奔向大海，成就那永恒、不死的传说。小雨，化成寻梦的思潮，用命运向那懦弱的人示意——执着那份期盼。

天空一片灰暗，小雨淅淅地下个不停，它化成一份悲凉，误导情感；

天空一片灰暗，小雨淅淅地下个不停，它化成一份清润，注入心田；

天空由暗转晴，淅淅的小雨将停，雨后阳光告诉热爱生活的人们——明天会更好。

心语 生活在现实世界，我们面对各种人和事，不一定都称心如意，就像文中提到的：“偏要告诉那执着的人——情可淡如水”；“用命运向那懦弱的人示意——执着那份期盼”。虽然，现实常与理想开玩笑，但热爱生活的人们，只要心中充满热情，小雨就能“化成一份清润，注入心田”。

你看，那雨后的阳光，正在告诉我们，在经历各种困境与磨难后，美好的生活终将到来！

我真的不明白

你我曾说：无论时光怎样流逝，我俩永远一起迎接朝阳！我念着这句誓言，看到你面前的那片开阔，凭着一腔浪漫的激情，我与你一起并肩站立这儿。毕竟，爱才是滋润生命的感觉！但……

我不明白——为何我会遇上你？多情偏被无情戏！但为何你我要初有此衷：愿将青春作筹码？

我真的不明白——在你成为我生命的一部分时，我多情的关怀，体贴的问候，热辣的情感向你透露，总会冷却于你少女的门前，我无可奈何。

我真的不明白——我将熏心的情欲压成眷恋的缠绵，而你也只有不容侵犯的寒贵，冰封般的冷傲，将少女应有的矜持，变作对我激情的侮辱，我寒心颤抖。

我真的不明白——如果没有过激的言辞，如果没有狂喜的爱意，如果没有撩人的恋情，如果没有让你欣喜的执着，何为爱的基础？何以维系两情相悦？

我真的不明白——我付出之后，而得不到应有的回响。但你又偏不许我离去，令我迷惘。

我是应该抽身而去？还是应该拥抱未来？——我越发不明白！

心语 多年前，曾经认识一位女孩，与她交往一段时间后遂生好感，两人双双情坚意定地堕入爱河。

可是，后来相处的一年时间里，女孩的态度却是忽冷忽热，好时很好，冷时极冷。比如，她需要你出现的时候，热情奔放；她不想与你一起时，冷漠得让人心寒。种种行为，令人捉摸不透。

我们不得不分手了。这时我才明白，原来女孩与我谈恋爱时，刚好与一位从美国回来的男同学重逢了，他们很快开始恋爱，男同学提出要带她出国。因此，她对我忽冷忽热就成了常态。我成为“待定品”也就必然了。

其实，人生漫长，缘生缘止，人生大多如此。天若有情，终成眷属；人若无分，相互祝福。在茫茫人海中，终有一位合适的人在等待着你的到来！

感情不应当儿戏，更不可愚弄。

受命之际

不惑之年仍受命，
任职偏远小农场；
屋陋人寡谁愿来？
雄心吕泯觉尤在。
带好队伍树正气，
建设楼房换场地；
融融警民鱼水情，
开创海侨新局面。

①“不惑之年”，孔子曰：“三十而立，四十而不惑，五十而知天命，六十而耳顺，七十而从心所欲，不逾矩。”“不惑”，指四十岁时遇到事情能明辨不疑。此处指作者年龄。

②“受命”，指接受任命，服从安排。

③“尤在”，仍然存在，指觉悟仍存在。

心语 2012年7月，我被调任台山市公安局海侨派出所所长。“海侨”是台山市海宴华侨农场的简称。

1954年，东南亚一些国家排挤中国侨民。中国政府为安

排归难侨，在全国各地建立了几十个华侨农场，海宴华侨农场是其中之一。

海侨农场现隶属台山市人民政府，正科（镇）级建制。农场现有5 300多人，以种植甘蔗为主，没有任何厂矿企业，经济、文化和生活相对其他地方都较为落后。

海侨派出所是台山偏远的派出所之一，而派出所的办公环境和设施也很差。办公室是一间只有百来平方米的危房，雨天还漏水，办公条件极差。派出所配备所长、教导员各一名，有民警三名，三名民警都没有驾驶证。而且，在当时市公安局的警察队伍中，普遍都认为，只有犯错误才被调到海侨派出所去“守水塘”。

我调任时已四十有三了，虽然没有当官的意欲和雄心（平级调动），但“服从命令、听从安排”的觉悟还是有的。因此，我走马上任，到偏远的小农场任职。

我到任后，经过一年的时间，整肃了队伍，树立了派出所的新形象；在市公安局党委和农场党委的大力支持下，新建了一幢办公楼并搬迁使用，从而改善了办公环境。

另外，我根据农场的实际情况，创建了新的工作模式，以走访群众为基础，将全部警力下村下户，每位民警负责一条村，天天走访，日日下乡，让民警了解群众，让群众认识民警，让民警真正成为群众的贴心人。

通过一年多的努力，辖区的案件少了，治安好转了；群众意见少了，满意度提高了。海侨派出所的各项工作也连续两年取得有史以来的最好成绩。

我到任第一年，因派出所工作成绩突出受奖而赋诗，以此抒发出自己热爱本职工作的兴奋之情。

乔迁有感

今日新居乔迁喜，
值此感谢两党委；
昔日屋漏夜雨天，
寒冻酷热更难眠；
如今新家已落成，
不惧狂风雷轰声。
建功适逢改革日，
立业又遇泰运时；
同志工作心要齐，
无须扬鞭自奋蹄。

“两党委”，指台山市公安局党委和海宴华侨农场党委。

心语 海侨派出所原办公楼是一间危房，每逢下雨都有漏水的情况，台风季节更危险。另外，由于房屋不足一百平方米，而无法设置办公区，民警只能在宿舍办公。也因为办公条件极差，无法满足工作需求，民警更难安心工作。

2012 年 7 月，我任职海侨派出所后，在市公安局党委和农场党委的大力支持下，新建了一幢办公楼。于 2013 年 8 月搬迁投入使用，完善了功能配置，满足了派出所的工作需要，改善了办公环境和民警生活条件。

派出所全体同志非常感谢市公安局领导和农场领导的关怀与支持。同时，我勉励全所民警要团结一致、努力工作，用实际行动和工作实绩，向上级领导以及辖区群众，交上一份满意的答卷。

我在新办公楼搬迁时，即兴写下此诗，幸福之情洋溢于表。

沁园春·牛

海侨农场，万亩良田，甘蔗连片。

望辖区全境，农业为主；犁田耕作，全仗耕牛。

生产发展，安居乐业，要靠辖区治安好。

警与民，看关系融洽，情同鱼水。

偏有无良盗贼，偷走农夫耕牛四头。

惜牛主痛心，失财误工；日后犁田，无有着落。

一心为民，海侨警察，三天破案抓盗贼。

牛追回，昨失今复得，笑逐颜开。

“沁园春”，词牌名。东汉窦宪仗势夺沁水公主的园林——沁园，后人作诗以咏其事。此调因此得名。

2013 年中，海侨农场南丰村被人盗走耕牛四头，价值四万多元。一次被盗四头牛，损失财产之余，农民没有耕牛来犁田，影响极坏。

派出所全体民警通过走访、排查，经过三天的努力，终于破获此案，将案犯绳之以法，并追回被盗的四头耕牛，交还牛主手上。牛主感激之余，向派出所赠送了锦旗。

我高兴之余，即兴写下此词。

打拐

身份隐藏蔗农中，
暗里拐卖幼孩童；
作奸犯科恶满盈，
天良尽丧现原形。
天网恢恢偏不漏，
民警足智又多谋；
雷霆出击擒三魔，
峥嵘岁月不蹉跎。

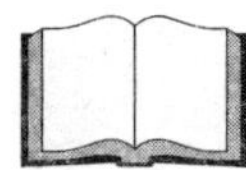“蹉跎”，即时间流逝，指虚度光阴。

心语 2012年底，海侨派出所配合上级公安机关，抓获拐卖儿童的犯罪嫌疑人三名，解救被拐儿童数名。得到上级领导和群众的赞扬。

犯罪嫌疑人为父子关系，在海侨辖区承包农田种植甘蔗，用蔗农身份来掩饰自己，暗地里与外人勾结拐卖儿童。海侨派出所掌握一定线索后，在上级业务部门的指挥下，一举将该团伙打掉，为当地群众除害！

满江红·海侨情

偏远屋陋，路艰辛，忧忧心际。大步走，勇往直前，服务为民。三十功名尘与土，历尽冷暖人和事。莫等闲，负了组织托，枉为警。

辖区小，问题多；扬清风，树正气。令如山，展示警队风貌。执法必严惩奸恶，服务热情为人民。待时日，曾作海侨人，心相连。

“满江红”，著名的词牌名之一。传唱最广的是岳飞的《满江红·怒发冲冠》。

心语 海侨派出所是台山市公安局较为偏远的单位，办公条件差。市公安局的警察一般都认为，只有犯了错误“被贬”的警察，才被调到海侨派出所。

当我被领导约谈，将调到海侨派出所任职时，我也曾忧心忡忡：路途遥远难以照顾家庭；警力不足，办公条件差；工作繁多不吃香，哪及机关享清闲。

但我深深认识到，自己是一名党员干部，一切都应以工作为重，无条件服从组织安排。而且自己从警近三十年，荣誉、奖励也不少，经历的各种风霜也很多，如果遇到这一点小困难就退缩，也真的枉为人民警察了。因此，我接受了组织的任命，远赴海侨派出所上任。

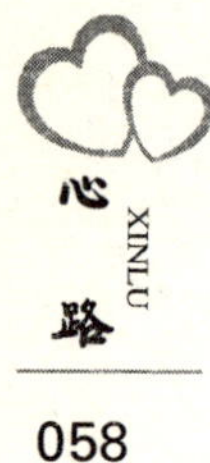

我到任后，经过调查、走访，发现海侨辖区虽小，但是问题很多。因此，我先从队伍管理入手，并加强与群众沟通，树立了警队公正廉明的新形象；大力打击各种违法犯罪行为，确保了辖区的治安大局稳定；真诚热情为群众服务，使群众满意度大幅提高。海侨派出所也因此连续两年取得了有史以来最好的成绩。

自己努力工作，且得到群众认同，我也将自己比作海侨人，与海侨群众的心永远相连在一起。

人性不可试

我出生于20世纪60年代末落后的农村，那时村中有二百多人，与我同龄的人有十来个。在落后、保守的农村，我从小就受父母亲儒家传统思想的教育，对礼貌、仁义、诚信等特别坚守。

记得小时候，母亲经常教导我们说：食不言而寝不语；关门轻手、夹菜莫久；叔伯婶母要先称呼；帮做杂工要勤力；放牛赶鸭要自觉；吃饭夹菜只能夹自己面前的，并应主动帮大人盛饭；扫地、抹台要往自己的方向扫（抹）；讲过的话一定要做到……

因我受教而懂礼，从幼童年代开始，我就成了村中的“好孩子”。大人们对我总是交口称赞，而我自然也成了父母的骄傲。

我从小就特别喜欢与自己的内心对话，常常反问自己，追问自己。同时，总盼望与别人心灵互动、真情沟通。

在我九岁那年，村里人经常称赞我，说我是村中最听话、最知礼、最乖巧的孩子。只是随着我逐渐长大，内心的疑问越来越多，内心的活动也越来越复杂，继而想探究的事情也愈加深入。其中之一，就是想试探我这个“好孩子”，在大人眼里究竟是什么东西？究竟好到什么地步？又被认同到什么程度？

机会终于来了。有一天，各家各户都集中在村里祠堂剥玉米。那时候，在生产队（现在叫村）剥玉米是记工分的，按剥的玉米的重量来计算你家得多少工分。这样，我就跟母亲一起与大人们坐在祠堂里剥玉米粒。

全村人都聚在一起，一边剥玉米粒，一边谈天说地，叽叽喳喳地聊个不停。我想，今天是一个好机会，可以试探村中人对我的看法了。

当时，我与村中一位叔父相邻而坐，两家装满玉米的箩筐就相凑在一起，箩筐中装着很多玉米棒以及剥好的玉米粒。我想了想，就用双手捧起我自己剥好的玉米粒，待到相邻的叔父与人谈话，视线离开他的箩筐时，就把玉米粒捧过去他的箩筐中放一放，待他回头时，又将手中的玉米粒捧回我的箩筐这边。这位叔父就大声骂我：你小子偷我玉米！边骂边夺回我手中捧着的玉米粒，并带惩罚性地从我的箩筐中多捧回一大把的玉米粒。

我当然希望通过诸多的解释，能要回我自己的玉米粒。但不管我怎么解说，全村人都没有一个相信我所说的话，包括母亲。大人们除了骂，还说我乱编，编得一点道理也没有——哪会有人将自己剥好的玉米粒，拿过去别人的箩筐中放一下，然后再拿回来的道理？

我自己也知道是没有这种可能的，但事实又真的是这样。我此时的委屈可想而知，内心的感受非常复杂，已远远超越言辞所能表达的极限。但最令我伤心的，还是大人嘴上骂骂咧咧讲出的另一句话：“看你平常很听话的，怎么就做起贼来，而且说‘大话’（即假话）还不脸红!”

我只有自己默默地承受着大人，甚至是母亲的责骂。眼泪已不经意间流下来。

以我不足十岁的年龄，这样的场景，确实有点超出了我的承受能力——一个少不更事的心灵，怎么能与众多现实且“有道理”的大人们辩论、沟通呢？

我第一个感觉，就是村中的人都是“眼见为实”和“得理不饶人”；第二个感觉，就是他们不念旧情，我以往“好孩子”的形象，此刻在他们心中显然已荡然无存，而他们心中应该是缺乏慈悲和宽容，他们心里应该是利大于义；第三个感觉，就是觉得自己与他们完全是活在两个不同世界的人，他们好像是活在现实当中，见什么就是什么，根本不问缘由，而我好像是活在自己的内心世界当中，甚至有点远离了现实。

此事虽然已经过去三十多年，但它时常在我脑海浮现，恍如昨日。不过，我也从中得到一些启迪：它教我做人要公正——不枉不纵；它教我做人要清明——不贪不谋；它教我做人要包容——不仗不恃；它教我做人要刚直——不卑不亢。

心语 这是我孩提懵懂时所做之事，也是我少不更事之胡为。其实，人活在世上，只要大家相互信任，和谐共处就行了。很多事情都是不需要考验的，太多机心则伤及真情。引用现时流行的一句话，“人性不可考验，也不需要考验”。更有意思的是，我当时的行为，是使用一个“谎言”来考验人们，所以，“用一个错误的方法去验证，那得到的答案也一定是错误的”。

朋友，人性不可试！

致交警（之一）

足踏钢台三尺，
手挥人车万千；
志在道路平安，
心系百家康宁。

致交警（之二）

三尺钢台上
不管酷暑严寒 暴雨狂风
一个铮铮的身躯
始终如样
一声悠长的银哨
和合着人、车的音符与和弦
一个优美的挥臂
指挥现代都市的交响乐
将人流、车流
画成平安的五线谱
一张黝黑的脸中

犀利的双眸
投向奔波的人们——平安回家

三尺钢台下
跌倒的老人
不再无人搀扶
而自叹悲凉
迷路的孩童
不再彷徨
而失措惊慌

三尺钢台
岁岁年年 年年月月
哪晓得秋流到冬 春流到夏
始终如样的 是
那份坚守的信念
它用仅有一次的青春
弹奏着都市生活的乐章

心语 1992 年，我任职台山交警大队城区中队交通警察，负责上下班繁忙路段的交通指挥。由于交通设施仍落后，特别是交叉路口的交通指挥，都是由民警站在钢台上，吹哨子用手势指挥。我当时手势指挥较为规范，所以凡有重大任务，在重点路口都安排我指挥。

在那时，警察侧重执法，而服务理念则较为淡薄，更谈不上“热情服务”了。而我平时上岗比较关心路人的情况，如有需要，都尽可能给予帮助。所以，在执勤中常常干些帮助群众的“分外事”。而这些“分外事”，在别人看来，就成了新鲜的事情。

自己在做好本职工作之余，主动帮助群众、服务群众的做法，经过一段时间后，得到领导和群众的认同，心情欢喜，写下此两首诗。

安全村

首建五邑安全村，
只为群众做宣传；
道路快捷又畅通，
确保平安建奇功。

心语 以“顺口溜”的形式，记载白沙交警中队创建江门第一条“交通安全村”的情况。

1996 年，我任台山市公安局交警大队白沙中队队长。辖区某一村委会，其辖下十几条自然村，都经由一个路口出入，交通非常繁忙。导致每年该路口都发生致命事故，给当地群众的生命财产构成极大威胁。

村民为求平安，集资在村路口建了一个“风水凉亭”，祈求保佑村民出行安全。但悲剧还是时有发生。

我是看在眼里，痛在心上，下决心对该路段进行整治，以确保村民出行的平安。

我着手对该路段勘查，并对相关的交通事故全面分析研究。发现交通事故发生的原因主要是当地村民不懂交通规则。这就是说，村民缺乏交通安全意识，甚至不懂交通法规。因此我认为，只有加强村民的交通安全意识，才有可能解决问题，才能避免交通事故的发生。

为了开展交通安全宣传，我特意组织了一支放映队，每天晚上轮流到各村放电影，以此招徕村民，并在电影播放前，先做交通安全宣传。一段时间后，收到了良好的效果。

同时，我对辖区十多所学校，每学期开展不少于两次的交通安全知识宣讲，增强辖区学生交通安全意识。当时，个别领导对此项工作不予认同，认为交警应以执法和管理为主，还是上路查车处罚为好，认为宣讲交通安全知识是没有效果的。

半年后，我开展交通安全宣传的做法，取得了非常明显的效果，并得到了江门市交通管理局（公安局交警支队）的肯定。因此，在江门市交通管理局的支持下，在该村建立五邑第一条交通安全村，为江门地区的交通安全宣传工作开创了一个新的模式，立下了一个新的“里程碑”。

里程碑

交通事故难处理，
程序空缺已多时；
大胆改革我做起，
打造法律里程碑。

心语 以“顺口溜”的形式，记载对交通事故处理工作的大胆改革。

2001 年，我任职市公安局交警大队，负责道路交通事故处理工作。交通事故处理的相关法律、法规不完善，导致交通事故处理工作常常处于被动。而事故当事人之间的矛盾也日益尖锐，很多实际问题难以解决。在调解时，经常因经济赔偿而发生打斗，交通事故处理工作举步维艰。

我针对实际情况，进行分析研究，并在领导的支持下，决定从现场尸体处理、丧葬事宜、事故分析到责任认定，以及经济赔偿等五方面，进行全面改革。

通过一系列的改革，工作进展很快，法律效果和社会效果都非常明显。特别是交通事故责任认定的“听证分析程序”，将原来直接发出“责任认定书”的做法，改为召集各方当事人进行分析、听证，让当事人能充分听取事故的成因、后果，以及应负的责任，并对此进行辩护和解说。改革后，因不服事故责任认定而申请复议（上诉）的案件数量直线下降，从而得到了省交警总队的认同，为道路交通事故处理工作开创了一个新的工作模式，立下了一个新的“里程碑”。后来，此“听证分析”工作方法被写进了《中华人民共和国道路交通安全法》。我也因此受特邀参加《广东省道路交通安全条例》的修改，也是江门地区唯一一名参加道路交通法规修改和制定的警察。

我想告诉你

各位“在逃人员”：

你好，我本不想这样称呼你，因为有点不尊重，但你确实又是一个在逃匿的人。为你以前的所为逃匿着，对恢恢的法网逃匿着。我本不应该这样称呼你，因为有点不文雅，但你实在又是一个在逃避的人，对社会责任和法律责任逃避着，对亲人的思念和故乡的呼唤逃避着。所以，我只好这样称呼你。

我想告诉你，孩子开学了，但他（她）不知爸爸为何不来送他（她）上学。

我想告诉你，白发苍苍的父母，身体每况愈下，他们也不知百岁之时，能否见上一直牵挂的儿子。

我想告诉你，近年来，每逢月圆之夜或春节之际，乡亲邻里或外出的人都齐聚故里共诉情谊，唯独不见你。

我想告诉你，法网恢恢真的是疏而不漏。全国“与你同一个单位”的“在逃人员”，已经有百分之六十以上被抓获或回来自首了，剩余的还将陆续落网。因为，这次全国统一行动叫“清网”。

我想告诉你，抗拒从严而坦白真的是从宽。事实已经告诉你，凡是主动回来自首的，都给予极其优惠的“打折”待遇。而被抓回来的都从严处理，因为这是法律明确的规定。

最后，我还想告诉你，你可能没有上学的儿子，可能也没有牵挂你的父母，或可能没有值得你留恋的乡亲乡情，但你应该知道“双赢”这个词吧。你早日回来自首，我早日结案，在这“双赢”的时候，我一定行使职权，对你从轻发落，除了法律规定外，还有个时代新词，叫“人性化”。

我还要提醒你一下，你要是回来自首，先拨个“110”电话。否则，你在途中被抓获，将无法被认定是“投案自首”。

心语 2010 年，国家公安部在全国掀起一场“追逃”高潮。我是一名警察，针对该项工作写下此文，并在省厅“粤警论坛”发表。体现警察执法的“人性化”，较为注重感情的交流。

关注校园暴力

近数月来，校园暴力，事件频发，危及无辜，影响恶劣，痛心发指。究其原因，不外有三：

一是主因，究其深层，社会矛盾，多方凸现。医保社保，下岗失业；改革成果，分配不公；贫富悬殊，仇富仇官；嫉妒心生，造弥天祸。

二是次因，从众心态，媒体宣传，略有不当。过分曝光，引致从众；效仿暴力，惨案频发。珠江大桥，跳桥者众，企引关注，实属同理。

三究其因，心理失衡，社会死角，无人关注。心态病变，自是不觉，亲朋好友，浑然不知；更莫谈及，心理干预；致病日重，心狂性丧。

上述三因，拟下对策：

一要解决，深层矛盾。资源共享，惠及民生；关注弱势，多方保障；送其温暖，解其困境；富者仁义，官者爱民；国家社会，方达和谐。

其次做好，媒体工作。宣传者众，把握尺度；莫为收视，过度曝光，正面不足，反成教唆；不当引导，有违职德；应尊事实，有所作为。

再次就是，心理干预。国家社会，全面关注；个人心态，早知早防；社区干部，多做走访，了解民生，掌握民情；心理干预，列入议程。

四是民警，要知民情。辖区人员，尽在掌握；特殊人员，更应掌控；劳释吸毒，失业下岗，特困家庭，真情帮扶；日常动态，关注掌控。

心语 在校园暴力案件多发之时，我作为一名人民警察，对此种行为痛心疾首。于是，根据工作情况，分析和指出社会存在的问题，并提出相关对策。

此文以四字一句的文体写成。

大志在胸，没时间老

世人，有的很年轻，但心力衰退，他就觉得老了；有的虽是耄耋之人，但心力旺盛，仍感到精神饱满，老当益壮。

“没有时间老”，就是心中没有老的观念。孔子说：“其为人也，发愤忘食，乐以忘忧，不知老之将至云尔。”禅者人生观亦复如是。

曾有一位 74 岁的老翁，白发苍苍，有人问他高寿，他答 4 岁。大家惊讶，他说：“过去 70 年都为自己自私自利地生活，毫无意义。这 4 年来，才懂得为社会大众服务，觉得非常有意义，所以才说活了 4 岁。”

没有时间老，很好，不能的话，做个 4 岁的老翁，也很有意义。

心语 人不能太过自私，时刻都要有利他观念。每个生活在平凡世界的人，都非常需要利他精神。只有无私奉献，才会让这个世界更美好，未来才会美满幸福和吉祥。

此文是我教儿子做义工，宣讲奉献精神时，跟儿子谈话的其中一段内容。

镜 子

有一弟子问师父："师父，有人说你宽宏大量，有人说你精明谨慎；有人说你很有爱心，有人说你无情；有人说你机灵，有人说你憨厚；有人说你偏执，也有人说你虚怀若谷……你是一个怎样的人？你把我弄糊涂了。究竟什么才是你的本性？"

师父开示道："我不是我，也没有一个我，我的本性就是空无。记住，这个空无不是什么也没有，而更像一面镜子。所谓的我，就是一面清晰的镜子！我只是将走到面前的事物映射回去。因此，心胸狭窄的人会说我计较；宽宏的人说我大量；冷酷的人说我无情；有情的人说我充满爱心；奸诈的人说我深奥；心怀鬼胎的人说我不是善良之辈……其实，他们所说的都不是我，而是他们自己，这些人只是走到镜子面前，看到他们自己而已！"

有一则童话写得很好，值得我们深思。

有一只流浪狗，无意中闯进一间四壁都镶着玻璃镜的屋子。

突然看到很多的狗同时出现，它大吃一惊，这只狗便龇牙咧嘴，发出阵阵低沉的吼声。

而镜子里所有的狗看来也都十分生气，每只狗的脸上也出现怒吼的面孔来。这只狗一看，简直吓坏了，不知所措，开始绕着屋子跑起来，一直跑到体力透支，倒地死亡。

这好像说明我们的人际关系。要是这只狗肯试着对镜子摇几下尾巴，情形就会完全改观，镜子里的狗儿必然会回报它同样友善的举动。

试着对你所处的环境和周围的人，更积极主动地表达、释放心中的善意和爱心，情形必会有所改善；如果人人都奉献出心中的真爱，将宽容与真、善、美带给周围的人，我们社会这个大家庭会变得更加美好温馨。

心语 我在生活中曾觉得自己没有个性，遇到好人自己就是一个更好的人；遇到计较的人，自己也一样跟着变成了计较的人；遇到有情义的人，自己更有情义……自己也曾为“没有个性”而苦恼过。

后来，在阅读国学文化典故时，明白并切入此理，知其因由，写下此文。

试着在任何地方，特别是刚进入一个新环境时，首先真诚付出你的真心和善意，你就能发现，原来人心真的很友善，世界真的很美好！

新年真好

儿童年代，生活在乡间，就特别喜欢新年。那些时候，新年带来的兴奋与喜悦，是没有任何东西可以取代的，从年三十开始，就高兴得睡不着觉。渐渐地，过了大年初一，油然而生出一种失落感。那时大人们总是说：每个小孩子都喜欢新年，理由很简单——领红包！但我总觉得自己喜欢新年不是这个原因，却又苦于没能给自己一个更合理的解释。

直到现在，经历过几十年人生风风雨雨，从领红包到派红包的今天，新年的那种兴奋似乎不再，但其中的喜悦和企盼，依然跟随新年到来而洋溢心间。细析之下，似有所悟。

春节是中华民族传统节日，也是全国各族人民最隆重、最盛大的节日。它体现了人民的凝聚、民族的团结，并通过各种喜庆活动，表达全国各族人民共同祈盼祖国统一、富裕强盛的心情。春节，是一个祈盼、祝愿的日子，更是人心最真、最美和最善的日子。在新年期间，人们有一份美好的祈愿、一份美好的向往！并给自己及他人，乃至社会带出一份真诚、虔诚的美好祝愿！哪怕是不大熟悉甚至陌生的人，见了面，打招呼，都会相互奉上衷心的祝福及问候，而且绝不是平时应酬式的口吻。

春节期间，人们都会放下一切纷争，放下一切烦恼，更会卸下虚伪！在春节的欢庆氛围中，更能够体现出人与人之间最真、最善、最美的一面！春节的人，最文明、最礼貌、最宽容、最友善、最亲切、最虔诚，也最具爱心。

我喜欢春节，因为它令人放下虚伪与无情，相互真诚而有情义；我喜欢春节，因为它令人放下烦恼与计较，相互友善而宽容；我喜欢春节，因为它令人放下丑恶与怨恨，示现美丽和爱心。春节，弘扬着真、善、美！

啊，新年真好！

心语 我认为春节是一个充满幸福、祥和的日子，美好处处，有感而发。

此文是我初学写作之作，故文字未加任何修饰，也可由此体现一种人生真迹。此作孰优孰劣，质量高低都无所谓。我只企盼一种人间真情、善良和美好！

人生就是跨栏赛

人生就是跨栏赛，而烦恼就是你必须面对的障碍栏，你必须一个一个跨过去，才能平安到达人生的终点。

因此，人永远不要回避烦恼，只有勇敢面对，才能跨越而战胜它。

人生不如意之事十有八九，天天都有不如意的事情发生。而这些不如意的事，就是人生道路上的障碍栏，你必须一个个清除。正因为这样，才有新年的愿望——万事如意！

但这只是一句祝福，一个希望罢了。现实中，总是有很多不如意的事。今天的烦恼，可能在你努力后“如意了”，但明天又会出现新的问题。

因为，人生本来就是由开心与烦恼、欢笑与泪水、快乐与痛苦、如意与无奈等等组成。这些，都是你人生中不可或缺的东西，少了不成生活，不成人生。因此，没有人的一生是一帆风顺的，也没有人的一世全部是不如意的。

这些不如意的事，就是人生跨栏赛中的“栏”，每走一程就要跨过一个栏，或者说是一道坎吧。当你跨过了一个栏，前面还有很多栏在等着你。不要想着尽快跨过所有的栏，你也不可能一下跨过所有的栏。因为你脚下的人生道路，就是由障碍栏凑成的。当你跨过所有的栏时，就到终点了，生命也就终结了。

因此，人生就是跨栏赛，跨栏就是解决问题，就是经历生活，就是历事练心。

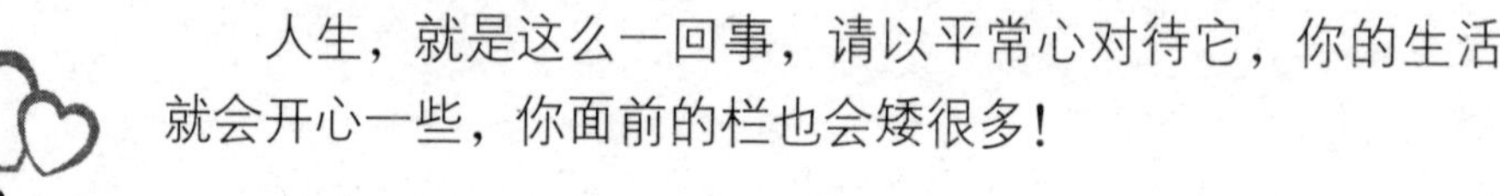

人生，就是这么一回事，请以平常心对待它，你的生活就会开心一些，你面前的栏也会矮很多！

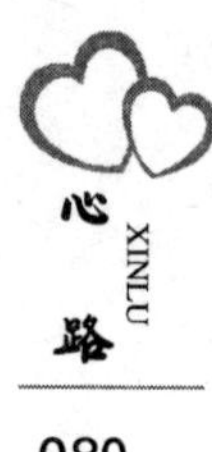

心语 这是我对人生的从容，对问题的接纳，对烦恼的平和，也是我面对困难的态度。

其实，生活在这世上，只要我们能够积极面对各种困难，以奋发向上的心态，努力进取，就没有跨不过的栏！

迈开你的脚步，从容跨过每一个栏，享受汗水挥洒的同时，你会发现沿途美景如画！

被人“愚弄”的感觉还好

每当看完广告之后，对其中宣传的产品，多少都增加一点认知，从而产生购买欲望。购买后才发现，大多产品都是“言过其实”。因此，经常发现自己“被骗”，这无疑是广告人“精心策划”的结果。相比之下，很多“精明理智”的人，都不会“轻易上当”，而我却常因“轻信别人”而吃亏。

我从小就很相信这个世界，更相信社会上的每一个人。我认为，人是不会说假话的，也不应该说假话的，更不可能骗人！

明明是没有的东西，怎么可能说成有呢？人，在说假话时会脸红，会说不下去的，我真的是这样认为。我认为世上不存在骗人的东西——直到现在都不解：为什么能这样对人！因为我总认为人心是好的，所以轻易信任别人，而遭到嘲笑、欺骗或戏弄，甚至吃亏！

我在对待别人的态度上，首先是真诚的，而且是善心的。一直以来，经常因“太过真心”而受伤。每当付出真情后，才发现别人只是敷衍，而自己却全情投入，太过感性，太过认真。这也是我人生较为失败的地方，也是我不明白之处，也因此常被人愚弄！

几十年来，在工作、事业、生活与社交中，每当有矛盾时，我都先自我反省，极少责备别人。

但有的人恰恰相反，不管发生什么事，都是批评别人，先说别人的不是，从不在自己身上找问题，一开口就是骂，就是责备，令身边的人很难与之相处，生活、工作都很不开心。我认为这是“负面心态”。

近期，我读国学文化典故时，读到这样一个故事，它让我茅塞顿开，满心欢喜，我想以后不会再因为被人“愚弄”而懊恼了。

苏东坡年轻时，喜欢到附近的寺庙里与老和尚谈天论地。一日，两人讨论一问题到日落西山，东坡也未能说服老和尚同意他的观点。临走时，年轻气盛的东坡指着老和尚骂道：“在我眼里，你就像一堆屎！”老和尚不仅不怒，反而笑容满面地回敬道：“知道吗？在我眼里，你就像一尊佛！”东坡很开心，唱着歌一路奔跑回家。苏小妹见了，便问哥哥今天为何如此开心，东坡便得意地将事情原委讲了一遍，苏小妹听后，很同情地对哥哥说：“真为你难过，被人骂了还自以为得计！”

在佛家看来，每个人所表达的意思都是自己内心真实的反映，你有什么样的思想，你就会有什么样的作为（比如说话）。苏东坡骂别人是一堆屎，说明他内心想的是一堆屎，所以在佛家看来他就是一堆屎；老和尚说苏东坡是一尊佛，说明老和尚心中时时存在的就是一尊佛，所以他就是一尊佛。

我们在工作、学习和生活中也一样，我们贬斥了别人，只能说明我们内心装的全是这些被贬斥的东西；我们认可了别人，也就是认可了自己。

我现在知道了，凡是一开口就骂人，总说别人不对的，其实是他本人的心理有问题，而不一定是人家错。也借此奉劝常嘲笑别人的人一句，你们其实是在嘲笑自己！

请你捧出真心待人！也请你捧出善心待人！这个世界就会还你一个美好！

希望人人常怀一尊“佛”，不要满腔是“一堆屎”。

心语 我的人生理念是：先念人好，莫疑人坏。如果有人给我面包，我先用感恩之心待此人，而不会怀疑是人家吃剩或是弄脏不吃才给我的。

现实社会中，懂得感恩的人确实不多。有的人可能先这样想：“你有这么好心，平白无故给我一个面包，可能有事求我？可能吃剩的？可能是弄脏或过期的？”

其实，这样的人在生活中是很累的。只要你转换心态，用感恩的心态待人，你会发觉，生活中还有很多美好的东西。

如果你的真心被人愚弄了，不要紧，因为那是别人的错。

朋友，请你心中常怀“一尊佛”！

请在佛前跪下

我有一位朋友，有点小聪明，办事有能力，性格较为深沉内向。这位朋友是一位非常现实的男人，在他的世界中，“我”，永远放在第一位。他自认是一个“无神论”者，对一切宗教与信仰都嗤之以鼻，而所有的祭祀与烧香拜佛的那些虔诚，在他看来，也是一种愚昧、一种迷信。而我对国学文化和宗教文化都极为敬畏。

早些天，我们朋友一行几人，驾车前往某地旅游并参观了当地著名的景点。我们随着人潮，朝拜了普贤菩萨。除了这位朋友不礼佛，我们几人都很虔诚地在佛前跪了下去。

旅游人的心情都很好，我也不例外。特别是在佛前跪下去，听法师诵经，感受着一种宁静和沐浴佛恩的喜悦。

这位朋友说自己对佛没感觉，自然也就没有去礼佛了。

在回来的路途上，这朋友言之凿凿，宣扬他的一套人生道理。从孩提时的艰辛，到青年时的努力，再讲到现时中年的小小成功，但重点是讲生活中的物质与现实。而我们几个人对文化的敬仰和礼佛的行为，也被他讲成是“愚昧之举”。

我见他口沫横飞，对礼教文化和佛不敬，认为应当给予他一些善意的提示，好让他的人生有所转变，也希望他下半世，乃至后世都能受用。我对他说：

第一，从你认为礼佛是迷信的角度来讲，成千上万的人在烧香礼佛时，你在唱“没感觉啊没感觉……”（与梵唱佛歌押韵），难道真的是“世人皆醉你独醒”？你对佛没感觉，佛也会对你没感觉。这点你要记住，这不是唯心，而是现实生活中的人之常情——你要待人好，别人才待你好！我们应当顺应佛理而改善人生，也可以从中吸收正能量，并在人生当中体验到佛理。

第二，请你在佛前跪下。我想请你在佛前跪下，在很多人看来，这个动作可能是一种形式。但我要告诉你，这是对佛敬重的一种形式，也是对文化敬重的一种方式，更是一种人生态度。你跪不下去，只能说明你心高气傲，还没有放下你自己。你要明白，在佛前跪下，虽然是一种形式，但它需要你跪下双膝，更需要放下你的自尊，你的盛气，你的傲慢，以及你的对抗，把这些统统都跪下去！只有这样，你才能成为一个没有对抗，完全开放、包容的人。这样，你的人生会变得柔顺而蜕变！

心语 这只是我在学习国学文化中的一点浅见，不代表全对。现实生活中的每个人，都有自己的人生观和价值观，只要能接近社会、接近大众，也被社会、大众认同和接纳，就是好的观点。

个人和社会都需要自尊，但不应该对抗；个人和社会都需要各种不同的声音和观点，但不应该固执而产生分歧；个人和社会都可以张扬自显，但更需要包容与和谐。

能放下自尊的人，是具有包容心的人，此类人没有对抗心态。他们对别人，对社会，只有包容与接受，并能发出一种积极向上、和谐的正能量；而常怀戒心和对抗的人，很难接受别人，特别是在遇到挫折时，很容易将挫折转化为怨恨，危害别人，甚至社会。

如果现在有人问我，我会说："什么事都是好的。"

善护口业，不讥他过；善护身业，不失律仪；善护意业，心境清净。

因为“残缺”，才显美丽

人生，没有十全十美，要珍惜现在拥有的，要享受现在拥有的。不要计较少许的不足，因为人生没有十全十美。

人生，是一个大杂烩，有甜有苦，有辛有辣，有冷有暖，有快乐有痛苦，有成功有失败，有得到也有失去……

人世间被称为“婆娑世界”，“婆娑”的意思就是“遗憾”。而“残缺”与“遗憾”也是人生的一部分。所以，人，不可能是快乐一生，顺利一生；也不可能是痛苦一生，坎坷一生。你喜欢的，它出现；你讨厌的，它也降临。因为残缺才是人生的真实本质，你必须接受，这就是人生！好与坏，都在人生各个阶段分别出现。它们的出现，是必然的，是不因个人的喜好而改变的！因此，不管来的是什么，都请用敞开的心态去接纳它，继而用积极的心态对待它。

人生，就是一段路途，是从一个地方到达另一个地方的过程，没有谁可以改变，人生的车轮就是这样前行！这是生命的方向和基本规律，你无法改变！至于你是怎样完成这个旅程，你有权选择，你也能够选择，这就是你的人生态度！

譬如，选择什么交通工具——骑自行车还是驾小轿车；选择什么样的道路——走康庄大道还是羊肠小路；选择什么样的方式——是疲于奔命还是一路欣赏风光。这就取决于你的人生态度。

人生态度可以改变这些细节，也就是我们常说的：努力可以改变人生。这些细节（努力），就是你在事业、家庭、婚姻和社交等方面必然存在的“得与失”。因而出现了不尽相同的遭遇与命运——世间没有完全相同的两个人。

得与失，是相伴而行的。今天得到，明天失去；今天升官，明天可能会降职；今天拼命捱，挣了一笔钱，明天可能要用这钱去看捱出来的病；今天生意亏了，可能明天吸取这教训赚回双倍；今天帮助别人没报酬，明天可能因此而获益良多！

其实，每一个人在工作、生活、婚姻、家庭和社交等等当中一定是存在着残缺的。也因为有了这些残缺，你才能拥有你现在已经拥有的。也是因为有了“遗憾”，你才能体会到快乐和幸福！

你可以这样认为：自己现在所拥有的一切，是用那些“残缺”换回来的。也可以理解为：你现在拥有的一切，是你付出少许“残缺”才得到的报酬。所以，请你不要追求十全十美——那是不可能的，那是不存在的！

心语 人生的路途，充满着复杂与坎坷。我们应该知足，并以理解、宽容的心态接受一切，面对一切。当你计较得越少时，困难就只能从你身边“灰溜溜”地逃跑，你的生活也就更幸福。正如宋代诗人陆游所写：“山重水复疑无路，柳暗花明又一村。”

请你不要再计较了，如果没有“残缺”，你的幸福不成立。因为“残缺”，才显美丽！

权利与义务

做人在争取（索取）权利的同时，不要忘记应尽的义务！

女人对男人讲：嫁给你，你要努力挣钱，养我一生，疼我一生。男人答应了。

从此，男人为了女人，为了生活，为了家庭竭尽全力，生活还算安稳。

孩子出生后，女人又对男人说：照看孩子不是我一人做的事，你也要陪他玩，陪他读书；做饭、洗衣、搞卫生都不是我一个人的事，你以后也要承担一份。

从此，男人在外拼搏之后，拖着疲惫不堪的身体回到本应是“避风港湾”的家中，又多了家务工作，还要照看孩子。

多年后，男人心力交瘁，将不久于人世。女人开始抱怨上帝待薄她。

“你本来有一个幸福的家庭，有一个爱你的丈夫。由于你的自私，丈夫过度承受重担，心力耗尽，现在的苦果，是你咎由自取的。我告诉你，做人不能太自私，在争取权利的同时，不要忘记自己的义务。我本待你不薄，是你过度索取而透支了自己的幸福。”上帝叹了口气，继续对女人说：“挣钱养家，你说是男人的事（男主外），但你吃饱住好穿暖之余，还要不断索取（过度浪费，过度玩乐，过分自爱）。在家务上，你从不认为这是女人应做的事，要求丈夫一起分担。这是你忘记了应有的义务（女主内）。”

挣钱支撑家庭是两人的事，家庭事务也是两人的事。能力大与小，做多做少都不要计较，更不应分彼此。

常常计较别人对自己付出多少，却从不为别人奉献少许。追求自己享受，过分自爱，却从不体谅别人的辛劳，这是不可取的。

朋友，请你在索取之时，不要忘记付出。

心语 以前，我家小妹与妹夫出现感情问题，小妹常常抱怨妹夫挣钱少又不做家务。而事实并非如此，反是妹夫勤奋努力，小妹斤斤计较。妹夫感觉独力难支，已临近崩溃边缘，导致婚姻出现危机。小妹求教于我时，我感慨现实当中很多家庭都存在这样的问题，追根溯源，其主要原因就是两个字：自私！

夫妻、朋友、同事之间，都要学会包容，豁达大度，互相忍让，彼此之间的关系才能融洽，感情才会浓厚。

就家庭而言，只有夫妻同心经营，双方都真心付出，真情呵护，才能幸福美满！

夫妻（其他关系一样）之间，切忌“严于对人而宽以待己”。这种双重标准的自私心态，是不可取的。

此文是我教育小妹之谈话的大意摘录。

为人妻的道理

阿妹，为了树立正确的人生观、价值观和世界观，打造高质量的人生，进一步提高家庭的生活质量，巩固婚姻，维系幸福，大哥特敬言几句：

第一，树立正确的人生观。你经常说，也被你奉为真理的一句话是：连自己都不爱的人，怎能爱别人？

我不知道这句被你奉为至理名言的话，是你自己的人生总结，还是在哪学来的？不管怎样，这句话在你心中一定是坚如磐石了。

你知道吗？这句话是错的，而且大错特错！试问一个爱自己的人，也就是自私的人，怎会爱别人？怎样爱别人？

比如：两个人都饿了几天，突然得到一个馒头。试问：是不是一定被“爱自己”的那个人抢来先吃？答案是肯定的。这样，“爱自己”的人会爱别人吗？“爱自己”的人能爱别人吗？答案也是肯定的：不会，不能！

又如，当两个人遇难将死时，突然有了一丝生还的希望，但只能是一个人有机会。试想下，这个机会会被谁抢走？肯定是自私的那个人，也就是你所说的“爱自己”的人。试问，爱自己的人怎会爱别人？

不过，这种人有时可能也会爱别人，但前提一定是自己先满足，也就是说，只拿多余的部分来施舍！这种爱是“施舍”，充其量只能说是“小爱”。他不可能拿出珍稀的东西来赠予！如：饥饿时的食物、贫穷时的金钱、患难时的真情、危难时的希望……也就是说，好的东西永远只留给自己。这就是爱自己的人——最自私的人！

所以，请你不要再像教父一样，拿你错误的观点去教导别人，会被人唾骂。因为这观点是不对的！

第二，树立正确的价值观。你经常阅读是好的，但你的价值观有偏差，导致在知识的海洋中出现了“偏食”现象。

什么意思？就是你喜欢阅读接近你性格或符合你观点的东西，你只接收你认同的东西，你只收集支持你私心的东西。这就是我所说的“阅读偏食”。

你喜欢看报纸上的“闲情日志”、“八卦论坛”之类的东西，这没有什么问题。问题是你只喜欢看写出你心声的东西，与你同 Channel（频道）的东西。如：怎样花男人的钱；怎样的老公才值得爱（你叫妹夫学）；好男人的十大标准（你拿给妹夫看）；如何做一个上等的老公，等等。但相对的东西你就不看，就算看了也没反应。如：好女人的十大标准；怎样做一个好女人；如何做一个旺夫的柔顺女人，等等。你都认为作者乱写，不值一看。

一天晚上，你又想通过讨论的方式，对妹夫灌输关于钱的观念，你问：“男人给钱不一定是爱你，但不给钱的男人就一定不爱你。你知道是什么意思吗？”其实，你是不满意丈夫挣钱能力低，你的丈夫也不是傻子，他会明白的。但最大的问题，就是他遇到一个不明白他的人！

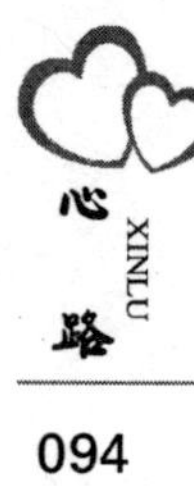

这句话所说的真的全对吗？难道天下没有男人是爱女人的？你连这句话是什么意思都没搞清楚，就逼问别人，是不行的。你断章取义来说这句话也肯定是错的。难道天下就没有爱女人的男人吗？给钱不是爱，不给钱更是不爱？荒天下之大谬！而你偏将这样的话当成真理。这是可悲的事。这就是你的价值观出现了偏差。

第三，树立正确的世界观。做人要多付出，哪怕是吃点亏也没问题。不要什么事都斤斤计较，如果是这样，你的朋友会越来越少，你的亲情也会越来越淡。姐姐不与你合作做生意就是最好的例子。人生的机会（你认为那生意是好做的）本来就不多，很多人轻易就错过。你错过了这次机会，还讲别人不仁义，你为什么不问问自己：姐姐为什么不与你合伙？正是因为你为人太自私。很多人和好朋友可以聊，可以笑，但不能合伙做生意。这就是关键时刻人格在起作用。所以，平时多付出，必要时是有回报的，这是天理。“人格”就像储蓄，你天天往银行里（社会就是“人格”的银行）存一点“钱”，关键时就有保障（这是讲人格，讲机遇，不是讲钱，免得你又叫丈夫每月给你存多少钱）。如果是自私的人，天天都要索取，就将天量的福分透支，也没得积聚了。这种人最多是不饿死——因为平时索得一点，但永远不可能富足。而乐于付出的人，懂得存储“人格”的人，可能有短暂的困难——因为平时多给予别人，但一定是富足的，且能成就大富大贵。

另外，经常讲钱的人是没有生活情趣的。生活中，不一定样样都要讲钱，太现实的人是不开心的。丈夫与你谈论生活，谈论家庭，谈论孩子，或学一学浪漫谈情趣，你不经意间又讲到钱（或与钱有关的问题上）。好像你受了很多委屈，又好像你经历了很多的沧桑，甚至好像现实对你很残酷一样。请问你的丈夫能有心情吗？所以，建议你学会生活——因为你现在已经能生存了。这样，你可能不用等到古稀之年才开窍，不用等到临死才知道亲情、感情比钱更重要。

你可能说：虽然穷，但我没有为钱出卖自己！你也曾经说过：如果是为了钱，就不嫁给妹夫，早早发达了！

是的，你可能没有为钱出卖你自己。但你为钱伤害了感情，为钱伤害了亲情。

可曾记得，你在拥有第一辆小车时说过：有了这辆车，我以后节省一点，每月自己存几百元来帮助家庭，减小丈夫的压力。

在某小区购买新房时也说：如能在这小区买房，我以后不打麻将，不上街，每月负责交几百元供房。

这些，是你对丈夫说的，你应该记得！但每次都像“吃生菜”一样，几天后就抛于九霄云外。这不要紧，我们作为亲人没在意，只希望你自己不要生活在错误的认识中，做了物质的奴隶，苦了自己，苦了亲人。

过分自私的人，希望你好自为之！

试着踏出第一步，学习奉献，你会有意想不到的收获！

“吃生菜”，意思指说话不算数，承诺的事不兑现。

心语 我家小妹，无论大事小事，总是喜欢计较，并常与妹夫吵架，感情一度破裂。为此，我谆谆告诫小妹，劝她要珍惜夫妻之间的感情和缘分，珍惜家庭的和睦。后来，经过几年的教诲，小妹逐渐改变自己，学会了付出，其一家人终于摒弃前嫌，过上安宁祥和的家庭生活。

这是我对小妹宣讲人生道理，教导她如何为人之妻的谈话摘录。

当事故发生后

某天早上六时许，在城区某路段发生一宗重大交通事故，一辆三轮摩托车碰撞一名行人，行人倒地死亡，肇事者驾车逃离现场。事故发生时，天已放亮。距事故现场十多米的道路两旁，有数十名小贩及路人，还有几位摩托车司机在候客，其中不乏目击者。

据调查，有数十人听到碰撞响声，并目击了事故发生的全过程。有几名妇女在清晨的朦胧中，隐约看见倒地的尸体，还以为是三轮摩托车上掉下的货物，而跑去争夺。见是尸体赶紧走开，继续做她们的小贩；另外，有一位驾驶摩托车载客的司机，见到事故发生，打着摩托车大灯，照见肇事司机驾车逃跑，还说了一句：这样就跑了。

第二天早上五时，在另一路段也发生一宗重大交通事故。一辆两轮摩托车碰撞一辆无号牌手扶机装载的收割机，摩托车驾驶人倒地死亡。当时天已微亮，在距事故现场十多米处，有一个骑自行车的人听到响声，骑车过去事故现场，见到整个情况并看到手扶机驾驶人，但相互没有搭理。肇事的手扶机驾驶人见有人到来，没敢离去。在抽完一支香烟后，见到来的人都没有理睬他，最后，才驾手扶机驶离现场。

事故发生后，交警部门迅速组织专门力量展开昼夜追

查，询问数十名目击群众，调查情况与现场勘查情况基本吻合。

上述两宗交通事故的发生，留给我们很多思考。当中，让人百思不得其解的是：人们的正义感哪里去了？

一方面，作为交通参与者，谁都不想发生交通事故。但“天有不测之风云”，谁能预料呢？“一生平安”只是一种祝愿罢了。既然事故发生了，作为肇事者，怎能泯灭天良，驾车逃跑？你的良心何在？你又怎能在惶恐与噩梦中度过残余的半生？

另一方面，当我们为死者家属深感悲痛之余，深觉肇事逃逸者可恨之余，更觉可悲的，是我们失去了正义感——最起码的人性！究竟是我们群众不懂，还是没有这种意识？有数十名目击的“热心群众”（事后很多人向交警部门介绍情况），在事故发生后，只为了争夺所谓的“货物”，而没人去拦截肇事车，也没人去记肇事车的车牌。更不能理解的，是在路旁载客的摩托车司机，作为一名经过培训、考试合格的驾驶员，在事故发生后，打着大灯照看得一清二楚而不拦截！短短几十秒钟后，事故现场竟然可以恢复平静。另外一名骑车人，见到同村的人被撞死后，可以容许肇事者在自己的视线内，抽完香烟才驾手扶机慢慢地离去。令人费解！

不知我们“热心”的群众有何感想。可曾感受到别人失去亲人的痛苦？可曾感受到失去亲人而肇事者还逍遥法外的彷徨？我们“热心”的群众，难道一生之中都不用别人的帮忙？不用社会的关心？

如果在场有一个人（没人性的算不上是人），拿出一点正义感来，我相信两位肇事者绝对逃不了！死者也就不用死不安息！死者家属在痛心之余也能得到一点慰藉。肇事者也必将受到法律的严惩！

与违法犯罪行为作斗争，公安机关固然是责无旁贷。但我们社会群众，更是一股强大且不能缺少的力量。只要我们全社会共同参与，违法犯罪一定会随着社会的正义感增强而减少。也只有这样，我们才有一个让人安心的社会环境，安居乐业，共享太平！

心语 我曾是一名负责交通事故处理工作的警察，参与交通事故处理多年间，侦办过很多肇事逃逸案件，其中一些案件让人痛惜。在痛批肇事逃逸者的同时，也呼吁社会正气与良知的回归。

故事篇什

那年，那狗，我负它的那感情

那年，1981 年，我 12 岁。

那狗，名叫小黑，是一条黑色的本地狗。

我负它的那感情！小黑将生的希望寄托给我，而我却出卖了它，为大人们换来一顿狗肉。

从那时起，我内心一直背负着“残忍、无情”的罪名，深感罪孽深重而不时自责。

小时候，爸爸是生产大队的一名干部，他有一个好朋友，我们管他叫“石伯”。石伯是上村的中年男子，自我爸爸帮他办理手续去香港定居后，两家人变得特别要好。

那年年初，石伯从香港回来，用十块钱买了一条小狗给我家养，当时就讲，将小狗养大后“蒸”来吃。

这小狗就是小黑。

那时，农村家家户户都养狗。我家五口人，个个都喜欢狗，而我是特别喜欢。我排行第二，有姐姐、弟弟。说到养狗，我家一般都是养三只，三姐弟每人负责一只。

我对狗特别有感情，连平时自己吃的饭菜都分一半给小狗。有一次，我养的狗不知得什么病死了，我看着它慢慢死去，心痛而哭了好几天。

可能因为我特别爱狗，石伯买来的小黑就归我管养了。

从此，小黑成了我家的一分子，我吃什么都有小黑的一

半；我睡觉，小黑躺在床前；冬天，我将小黑抱上床，同睡被窝；我上学，小黑送我到村头，摇摇尾巴，望着我远去后才回家；我每天放学，小黑提前在村口等我回来；我放牛，小黑总跟我一起，并不时在前开路，当前面有蛇虫时，小黑就大声吠叫，不要我前行。

我深深感受到小黑的忠诚，同样，小黑也感受到我对它特别的爱。

我与小黑，心照不宣。

那年年底，石伯从香港回来，准备到我家来吃饭，并指定要将小黑“蒸”来吃。

我得知后，心慌不已！

我深知自己一个小孩，无法左右大人的所作所为。

那天，几个大人很快就将小黑逮住。我看到了小黑被逮时的恐惧，而小黑似乎也知道我的无奈。

我在一旁流泪，小黑被绑在地上待死。那时，大人们还将我伤心的眼泪当笑料，我至今记忆犹新！

石伯的哥哥操伯是本地的“蒸”狗“好手”，他煮的狗肉特别好吃。小黑交由他“操刀”就理所当然了。

不一会，操伯拿来一根手臂粗的木棒，二话没说就往被绑住腿的小黑头上打了几棒。

操伯估计小黑已死，就停手没再打，将小黑放在地上，入屋烧水去了。

我见小黑被打死还绑着四腿，就蹲下身来将绑住小黑的绳子松开，也算尽情事了。

过了几分钟，我见小黑动了一动，跟着连动几下，小黑竟然神奇地站了起来，朝我屋前开阔的田间方向逃去，小黑一边逃跑一边不时回头望望我。

这时，操伯从屋里出来，不见小黑。问我，我没作答。

操伯一眼望去，就发现了逃跑的小黑，很快就呼喊十多人来，并手持木棍追赶小黑。

我当时也跟在后面，心里只希望大人们追不上小黑。

十多人追了几里远，还真的追不上小黑。小黑夹着尾巴，边跑边恐慌地回头望望这凶残的人们。

大人们眼看追不上，只有坐下来商量，未果。

后来，不知是谁提出：叫狗主人去“唠”，它就会回来。大家不约而同将目光投向了我。

大人们叫我去，我没作答。他们开始对我哄吓并施。我慑于大人的淫威，不得不只身向小黑走去。

小黑倒真没跑，见我向它走去，还费力地摇了摇尾巴。我边走边叫小黑的名字，小黑对着我走过来。

我蹲下身去抱着小黑，流着眼泪，抚摸着它流血的头。我从小黑的眼神当中看到它的恐惧，同时，也看到了它对我的寄望。我伤心欲绝，撕心裂肺！

那头，大人们在呼叫，要我将小黑抱回去。

我极不情愿地将小黑抱起往回走。到家后，也别无选择地将小黑交给大人们，换来了大人们的几句赞赏。

那顿饭，我没吃过一块小黑的肉！

那件事，虽已过去很多年了，但我一直内疚到现在，每想起那事，定会泪流满面。我想，这种痛还将至永远。不管怎么说，有的东西已无法弥补——小黑将生的希望寄托给我，而我出卖了它！

①“生产大队”，农村地区在人民公社时期存在的农村基层组织。

②“蒸狗”，台山话，“杀狗”叫“蒸狗”，指杀狗煮来吃。

③“唠”，台山话，“叫”的意思，指叫它回来。

心语 像这样的事，在农村长大的孩子可能都经历过。而此事却成了我心头永远的痛，每忆起此事，就泪流满面，极其内疚！

希望小黑在天堂不用担惊受怕；也希望热爱生活的人们，能与动物乃至大自然和谐共处！

禾　草

自小开始，我脑海中记忆最深的就是乡下田野上的禾草。它使我感受到一种无法与之媲美的亲情；它使我在失意的时候想起亲人的期盼；它教我在人生的道路上，要多付出真爱，而尽量不伤害别人。

我父亲是一位老共产党员，也是一位大老粗。虽然他只读过两年小学，但我们三姊弟从小就受到他比较严厉的管教。因此，父亲对我们的喝骂也就少不了，但父亲极少真正动手打我们。

在我们调皮捣蛋、学习不认真的时候，父亲总是板着严厉得有些变形的脸孔骂人。而经常挂在他嘴边的一句话是：再不听话，我就用禾草打死你！

朦胧地，记得有一次，我因贪玩将父亲的心爱之物（大概是茶壶之类的东西）摔破了。父亲下班回来，就大发雷霆，让我站在他画的圆圈内，骂道："我用禾草打死你！"

当时，我看着父亲扭曲的脸，害怕得哭了起来……

自那以后，我就特别害怕"打人的禾草"了。

后来稍大些，也就知道了用禾草打人的"厉害"。当父亲再骂"用禾草打死你"的时候，虽然也害怕，但心里在发笑：父亲又在吓人！

直到我参加工作融入了社会，特别是升格当父亲之后，

慢慢才感受到父亲用“禾草”打人的那份爱。

一个父亲，期望自己的孩子长大成人，必然会严加管教。中国自古就有“棍头出好仔”的说法，父母打骂也就在所难免。父亲的管教虽然“常听雷响，不见雨落”，但能让我对他的武器——“禾草”产生恐惧，受教于他而他又不伤害我。这根“禾草”，足以让我感受到父亲的严厉与慈爱。

一根“禾草”，吓跑了我幼儿时期的无知，但它却管教着我成长。这根“禾草”就像一条坚韧而无形的教鞭，教我严于律己而宽以待人；教我努力拼搏、奋发向上而不强求；教我待人礼貌而心存宽恕；教我付出真诚和爱心而不图回报！

“禾草”，我爱你！父亲，我更爱你！

心语 每个家庭都有其不尽相同的教育方式和方法。没有绝对的对与错，也没有绝对的好与坏。第一是教育孩子成人；第二才是教育孩子成才。相信这就是对的，也是最好的。立德为先，才为次之。

情愿给人欺骗的怪老头

小时起，我家对门口住着一位怪老头。

为何说是怪老头呢？因为他的言行举止以及观念都与村中人不同，但不同在哪？又说不出个所以然来。

这位怪老头与我家是分支几代的宗亲，辈分很高，我得管他叫“伯公”。

听父母说，伯公很爱男孩子。我一出生，他就叫母亲将我抱去给他看，还不断地夸说：“这孩子很好，希望能平平安安、健健康康成长。最好能成为伟大的人民。”因此，我就有了现在的名字。

伯公人高马大，虽然年事已高，依然气宇轩昂。伯公是一位非常慈祥的老人，慈祥得与魁梧的身材有点不相符。

小时候，由于国家贫穷落后，物资特别紧缺。粮食、布匹、糖油、猪肉、煤油等生活必需品，都是计划分配，凭票购买的。而我们落后的农村人，连解决温饱都成问题，这些小票子自然成了大家的命根子。但伯公对这些小票子，好像不怎么稀罕。

听说，伯公是个“大有来头”的人，回到村中时就带了很多金银珠宝。另外，他有个女儿在香港，常捎钱回来。听说还因这事，伯公被人举报“里通外国”。在那时，“里通外国”可是大罪，但不知为何，来了一批准备抓伯公去批斗的人，却没下手就全溜走了。

伯公还有一个儿子，按辈分我管他叫“大公”。大公是生产大队（相当于现时的村委会）粤剧团的团长，我打小就跟大公学唱粤剧。

大公因经常演出不在家，对家庭及其父母亲的照顾也就说不上了。因此，伯公需要购买生活必需品时，常常要托村中人帮忙。

村中有位长辈，我叫他“四叔”。四叔夫妻生育五个孩子，上有年老多病的双亲，生活特别困窘。因孩子多，肉票、布票、糖油票等就更显迫切和珍贵了。

伯公全家人每月所需的生活用品，总是叫四叔帮忙到镇上购买。

四叔每次帮伯公购买东西回来，伯公都将一部分送给四叔，当作四叔帮忙的“人工钱”。而伯公“支付”的“人工钱”，全是四叔五个孩子最需要的东西。另外，四叔每次帮伯公购买回来的东西，总是数量不足，此事村中人都知道。

大家都说四叔欺负伯公心慈，所以常利用帮忙的机会骗占伯公的财物。而大家认为伯公应该是老眼昏花了，常常被骗还要多谢人家。

我父亲也曾善意地提醒伯公，并愿为代劳。但伯公总说四叔没有骗他的东西。此种情况持续了几年。

直到有一天，四叔患大病临死，伯公手扶拐杖去见他最后一面。四叔流着泪，向伯公忏悔说：“阿公，我真的对不起你。几年来，你处处照顾我家，而我每次帮你买东西都偷偷自留一些。我真的对不起你，我已经不行了，如果再不说出来，向你认个错，再也没有机会说了，我也死不瞑目啊!”

伯公叹了一口气，摇摇头对四叔说：“阿四呀，你不要自责。这件事其实我一直都知道，只是你家孩子多，生活艰难。而我又不缺这些东西，所以……”伯公轻拍一下四叔的手说：“阿四，你放心吧。你的家人我会尽力照顾好的。”不久，四叔离开了人世。

伯公就是这样一个“情愿给人欺骗”的“怪老头”。可惜，在我 9 岁那年，伯公乘鹤西去了，享年 77 岁。

因年龄相差太远，我没能够得到伯公的任何“真传”，但他的音容笑貌以及胸怀之宽广，在我心坎里留下一个永不磨灭的烙印。

“伯公”（“伯”字念高阳入声），台山话，对曾高祖的称呼。也称曾祖父、太爷爷、太祖父等。

心语 伯公，甄兆芝，男，1900 年出生。广东省台山县三合公社西华生产大队永安生产队（现时台山市三合镇西屏永安村）人。

甄兆芝，1926 年 10 月至 1928 年 7 月就读于日本陆军士官学校，为第十九期步科高材生。曾受蒋介石、周恩来特邀，任职黄埔军校教官。林彪是其学生。

1933 年大沦陷后，甄兆芝曾回过老家。抗日战争期间，经粤系军阀陈济棠介绍，前往广西，投靠桂系首领李宗仁，获任团长，并带部队赴前线作战。其妻（邝月娥，于 1980 年离世）见国民党大势已去，劝其弃官回乡以保性命。后回广东省开平县（甄氏岭南始祖之地）投靠宗亲，期间无业，妻子就职开平医院妇产科医生。

新中国成立以后，周恩来总理曾写信给甄兆芝，劝其到北京任职。甄兆芝认为自己乃国民党教官，怕“翻旧账”被追究而拒绝上京。并于“土改”后再次回到老家长住。

文化大革命期间，甄兆芝身负“里通外国”、“反革命”等罪名，红卫兵欲将其拉去批斗。当红卫兵翻箱倒柜时，发现周恩来总理的亲笔信，不敢加害，才得以保全性命。从此隐姓埋名，直到终老。

夜半孽魂

一、夜半警情

“嘟嘟，嘟嘟，嘟嘟！”

市公安局110指挥中心的报警电话急速响了起来。

“你好，公安局110指挥中心，你有何事？”当班女民警小蕾询问。

“110吗？撞死人了，快派警察来！”电话那头，传来一个急促的声音。

“你不要急，慢慢地说，你在什么地方？发生什么事故？”小蕾语气镇定。

“是，是，在环市公路往郊区三公里，这里叫罗古迳，我看见有一个人被车撞死躺在路上。”报案人口气仍惊悸。

“是什么车撞的？你是何人？”小蕾追问。

“我姓李，经过罗古迳往城南市场卖菜，看见这里……哎，这儿没有看见车辆，就看见一个人躺在路上。”

“谢谢你，有什么需要我们再联系你。”小蕾一边说，一边在接报警登记簿上记录，并用红笔将来电号码记下。

此时，小蕾明白事情重大。她知道，如果报案人报来情况准确，这是一宗重大道路交通事故逃逸案件。

小蕾看看表，已经是凌晨3时30分。她不敢怠慢，立即拿起接报警登记簿，走进值班指挥长办公室，将接报的案情简要向谭指挥长汇报。

谭指挥长感到案情严重，拿起电话直拨“120”，通知医院急救中心先行赶赴事故现场抢救。再打电话到市交警大队值班室，通知交管科值班民警立即赶赴现场。最后，才直拨交警大队副大队长兼交管科科长董国良家。

董国良，三十八岁，身高一米八，英俊的脸上透着几分威武。他从省警校毕业，分配到交警大队已经十七个年头。由一名路面执勤民警到一名中队长，两年前被提拔为副大队长兼交管科科长，主管交通事故处理工作。他曾获省公安厅第一届武术比赛第一名，省交警总队业务比赛第一名，全国优秀人民警察等殊荣。在工作中，他擅长痕迹和心理学。

“董副大队长吗？我是指挥中心谭指挥长，现在环市公路往郊区三公里罗古迳路段，发生一宗重大交通事故，肇事车辆可能已经逃逸。我已经通知医院及交管科，请你立即赶赴现场处理。”

案情就是命令，董国良穿上警服，随便洗了一把脸，迅速驱车直奔罗古迳。

董国良赶到现场，交管科警车及医院救护车也刚赶到。

董国良走到事故现场中心，借着车灯微弱的灯光，看见场面惨不忍睹：一名怀孕妇女倒在路中央，车轮从她身上碾压而过，血肉模糊，已经当场死亡。孕妇膛肚被撕开，小孩清晰可见，是残忍的一尸两命。

此时正值寒冬腊月，路旁两侧山坡形成风口，吹来的阵阵北风呼呼作响，令现场徒添几分凄凉。董国良下意识地裹紧了上衣，叹了一口气。

董国良见现场状况，只好与急救中心伍主任打过招呼，然后指挥交管科同志用警戒绳保护好现场，再打开勘查车的勘照灯，对现场勘查。

这是一条9米宽的双向道路，两边是山坡，很偏僻。

女尸倒在路中靠右的位置，明显的车轮血痕从女尸身上辗过，往东面方向延长十多米远。女尸腹部爆开，她怀孕应有三四个月，胎儿形状清晰可见。死者穿一套灰色连衣裙，上身部分撕破，衣着单薄。尸体旁边有一台摔坏的手提电话及一支手电筒。

现场只留下两条几十厘米长的轮胎摩擦痕，但未见车辆刹车痕迹。

除此之外，现场也未发现其他痕迹及车辆散落物。

董国良安排分工，对现场绘图、录像、拍照。同时，提取了死者的血迹、胎儿软组织、衣服碎片、遗留手提电话及手电筒等物。

现场勘查完毕。董国良将现场情况通过电话汇报给市公安局副局长兼交警大队队长李明同志。李明副局长命令在现场勘查完后，回交警大队研究案情，组织查缉，并通知110指挥中心将案情通报邻近几个县市，加紧设卡检查，尽量查找可疑车辆。

董国良安排法医刘东与殡仪馆同志清理尸体。随后，带领交管科同志赶回交警大队。

二、紧急会议

凌晨五时，交警大队会议室灯火通明，以李明副局长为首的大队领导及交管科十多名业务骨干齐集一堂。

“各位同志，现在紧急召集大家回来开会，是由于几小时前，在我市郊区罗古迳路段，发生一宗重大交通事故逃逸案，造成一尸两命。现在，先由董国良副大队长将案情简要介绍，大家认真分析，迅速组织追查。由于案件情节恶劣，影响很坏，我们要尽快侦破此案!”李明副局长说罢，慢慢地点燃了一支香烟。烟雾袅袅地往上升腾，会场的气氛比平时严肃了很多。

“各位同志，大家请看现场图。”董国良边说边开启实物投影仪。事故现场图清晰投射到银幕上。“这是郊区罗古迳路段，一条 9 米宽的双向道路。凌晨 3 时 30 分，市公安局 110 指挥中心接群众电话报案，该路段有一个人被车撞死躺在路上。”他详细地解说。

“经现场勘查，死者为女性，年约 23 岁，怀孕 3 个多月。现场只留下两条几十厘米长而且不正常的轮胎摩擦痕，一条 12 米长的带血轮痕，一台损坏的手提电话及一支手电筒。此外，没有发现其他散落物或碎片。”董国良介绍完后，将现场录像及所拍摄的数码相片，通过电脑播放，把痕迹逐一介绍。

“唰”、“唰”……现场相片一张一张播放出来。

“停一停，就这一张！”突然，交管科副科长容大刚指着带血轮痕的照片叫喊。

容大刚今年47岁了，是交管科的老副科长，当警察25年，从未离开过交通管理岗位。他有着丰富的工作经验，尤其对痕迹有独特的敏感。容大刚和董国良，被称为两大“痕迹专家”，在工作上配合默契。

会场气氛一下子凝固了。所有眼睛紧紧盯住银幕，一条带血的车轮痕清晰可见。

“轮胎宽度多少？”容大刚问。

“26厘米！”负责绘制现场图的董柱荣回答。

董柱荣与董国良是同乡。他是电脑系本科毕业生，交警大队的电脑专家，一有时间就埋头研究电脑。他性格内向，不善言语，平时讲话都是三句半。

“26厘米！”容大刚稍稍停了一下说，“从轮胎的宽度及其花纹看，这应该是一辆高档轿车。”

董国良点了点头，认同容大刚的推理。“容副科长说得对，这是一辆高级轿车，属于奔驰、丰田等进口系轿车居多。这是一条特别宽的真空轮胎。”董国良继续说下去，“大家请看这张照片。”他在数码相机“唰唰”地过了一张特写照片。只见一条几十厘米长的车轮擦痕，没有花纹且特别黑，宽度跟带血轮痕相同。

“报告。”法医刘东推门走了进来。

“请你将初步验尸情况说一说。”董国良直截了当对刘东说。

“好的。”刘东说，“死者大约23岁，身高一米六五，死亡时间约为凌晨2时30分，距报案时间一小时。死者被车轮碾压腹部后，再被车辆底盘磨压过去，说明肇事车辆底盘较低。至于现场提取的血迹及胎儿的软组织，天亮后，我立即送刑警进行血型和DNA的检验。”

各人先后都作了针对性发言，讨论焦点也相对集中。

时间，渐渐滑到了6时正。

“各位同志，经大家研究、分析，事故的基本情况已经比较清晰。”董国良站了起来说，“发生于凌晨2时30分左右的交通事故，由于路段偏僻，至一小时后才被路人发现报警。从分析情况来看，肇事车辆是一辆高档轿车，往东面方向逃走。”

董国良喝了一口热茶说：“从大家的分析来看，案件存在几个最大的疑点，我们一定要搞清楚。一是死者何人？为何夜半时分在这么偏僻的地方出现？天气这么寒冷，而死者衣着又比较单薄，好像不合常理。二是为何在尸体前方处，显现两条只有几十厘米长的轮痕？而且这两条明显不是刹车的痕迹，反而更像是轮胎打滑的痕迹。三是现场并没有留下车辆碰撞所致的任何散落物或碎片。四是从死者单薄的衣着，现场又没有散落物来看，像是第二现场。但尸体明显又是第一现场，这一点有矛盾。”

董国良看看李明副局长。李明副局长点了下头，对董国良说：“你安排下一步追查工作吧。”

董国良对追查工作进行了细致的分工。他说：“如没有发现新的线索，先按第一现场分工。我带三位同志往各市际关卡及高速公路出入口，翻查凌晨1时到现在的进出车辆录像，重点查看轿车。”

“法医刘东和内勤组的同志将死者特征列清，迅速与电视台及市报社联系，刊登‘寻死者家属’启事，以查清死者身份。并将事故情况上报及回复110指挥中心。”

“杨达峰副科长带三位同志，到市区各汽车修理厂逐一核查，查清有无非正常损坏的车辆去修理。”

“董柱荣待天亮后，迅速与市公安局通信科联系，将事故现场遗留手提电话修复，或将其芯片复原，导出手机通话记录。”

“容大刚副科长带领勘查组李子亮、黄坚宁两名同志，到市局110指挥中心取资料，向报案人了解相关情况，天亮后再到现场复查一遍。”

董国良安排了工作之后，看看手表指针，已经是6时30分。他伸了伸懒腰，口气自信地说：“各位同志辛苦一点，我们一定能将这宗逃逸案侦破，不能让肇事者逍遥法外。各组在调查之中，如果发现有任何情况，请马上汇报我。我们现在立即分头行动！”

三、展开追查

晨曦渐露，寒风稍有些收敛，只是寒意仍在。

容大刚等人在公安局110指挥中心取报案人资料，与报案人电话联系后，驾车直往城南蔬菜批发市场，找到210号摊位，只见一位年约四十的健壮男子正在摆弄蔬菜。

“你好，你是李茂同志吗？我是刚才打电话给你的市交警大队办案民警。关于你打电话报警的交通事故，我们想耽误你一点时间，向你了解有关情况。”容大刚对健壮男子说。

“好的，我将情况告诉你们。”李茂放下手中的蔬菜说，“不过，我只是恰好路过才报警的，其他什么都不知道。”

容大刚对李茂说：“没有关系，你知道多少就说多少吧，劳烦你上去我们的警车坐下来，将所见情况重新说一遍。好吗？”

李茂瞧瞧摊位，对旁边摊位的一位妇女说：“麻烦你帮我看看档口。”说完，跟着容大刚上了警车。

上车后，容大刚对李子亮说：“你与李茂同志做材料，将其所述情况详细记录。”

李子亮，今年26岁，从省警校毕业分配到交警大队已经4年了，是交管科的业务骨干。

“今天凌晨，我驾驶摩托车载着蔬菜赶往这个市场。”李茂从衣袋里拿出一盒香烟，点燃了一支，娓娓道来，“大约3时半，我驾车路经罗古迳路段，忽然发现车灯照着的前方路中央有一团黑色物体。我驾车靠近，借着灯光一看，看见一个人倒在路上，也不知那人情况如何，只见流了一大摊血。我就赶紧打电话报警了。”

“有没有见到其他车辆经过？”容大刚问。

“没有。”李茂肯定地回答说，“当时天气比较冷，路上风很大，我从家里出来到罗古迳有 4 公里路程，没有遇过任何车辆。”

李茂抖了抖烟灰，说：“那个人看上去是个女人。”

“没错，是个女人。”容大刚回答说，“你还有其他情况补充吗?”

“没有了，我知道的就这么多。”李茂肯定地应答。

“好的，耽误了你的时间，谢谢你！如果有需要我们再来麻烦你。”容大刚打开车门，送李茂下车。

“看来这条线索要断了。”容大刚摇了摇头，自言自语说着，上车直奔罗古迳……

这时候，天色尚早，城区的汽车修理厂都还没开门。杨达峰副科长带领几名同志，逐一拍门进行检查，没有发现可疑汽车来修理。杨达峰副科长电话汇报了董国良后，先回交警大队候命。

董国良带领几位同志，第一站来到高速公路东郊出口。这里是城区几个高速公路出入口的总站。要查高速公路附近出入口的车辆出入情况，也只有在总站电子监控室才查得到。

董国良走进领导值班室。两个同志正在值班。董国良敲门自我介绍，并说明来意。

姓何的值班主任带着董国良他们走进隔壁的电子监控室。室内几十台电脑，每天都对几个高速出入口全天候监控。

“我想查看一下今天凌晨 2 时到现在各出入口车辆进出城区情况。”董国良对何主任说。

“好的，来看这一台吧。”何主任走到一台电脑前说，“这段时间进出的车辆应该不会多。”他先从东郊出入口开始快速翻播。

画面逐一展开。董国良两眼紧盯电视屏幕。他不放过任何一个可能溜走的线索。

时间一秒秒过去了……

“停一停!”董国良喊了一声。何主任一按鼠标，画面停了下来。画面有一辆白色凌志牌小轿车，该车亮着远光灯，灯光特别明亮，有点刺眼，致使收费站的录像只看到车头一片白光，车辆号牌看不清楚。

“何主任，麻烦你将这画面打印一份给我。”董国良对何主任说。

“吱，吱，吱”，图片很快打印出来。图片右上角，显示出卡时间为 2 时 50 分。

董国良翻查所有出入口之后，前后打印三辆进出城区的小轿车图片，其余两辆小车出城时间分别是凌晨 2 时和 5 时。

董国良看着三张图片，稍作沉思说：“我们回去吧。”

董国良一行谢过何主任，驾车返回交警大队。

冬天，太阳起来特别迟，差不多上午 8 时了，才懒洋洋爬上来。小城也逐渐热闹了起来。

外出办案的几路人马回来了。董国良叫大家到饭堂用过早餐后，安排董柱荣拿现场遗留的手提电话，赶往市公安局通信科进行修复。其他同志集中在会议室，各组分别将追查的情况向董国良汇报。

“看来各组都没有重大发现，似乎没有线索可寻啊。”董国良拿出从高速公路出口站带回的相片说，“现在就这辆车最大嫌疑。一来车型相符；二来出城时间与案发时间吻合，但该车在出卡时，其灯光太强，导致无法看清车牌号。但从打印的图片看，该车前面没有任何碰撞或损坏的痕迹，应该不像肇事车辆。”

董国良语毕，站起身环视大家，说：“各位同志有何看法?”

“我建议先将辖区所有白色凌志牌小轿车全部清查一遍。”容大刚副科长站起来说，“对城区汽车修理厂继续检查，并通知乡镇交警中队的路面民警，上路执勤注意发现车头损坏的小轿车。”

“我组已经写好‘寻死者家属’的启事，会议后可以拿到电视台播出，以及到报社刊登。”法医刘东说。

“我同意容副科长的建议，继续分组行动。”董国良提高语调说，“内勤组负责与电视台及报社联系，做好播放及刊出启事的工作，尽快查出死者身份。同时，通知各乡镇中队，加强路查路检，注意发现可疑车辆；杨达峰副科长继续带组检查各汽车修理厂；容大刚副科长小组与我小组合并，将辖区所有白色凌志牌小轿车逐一清查。”

四、柳暗花明

全市辖区内入户登记的白色凌志牌小轿车共有 26 辆，除 3 辆外出，其他一一核查过，并未发现什么可疑情况，外出的 3 辆车可疑性也不大。

时间过了两天。董国良独自坐在办公室沉思：从车辆入手已经断了线索；寻死者家属的启事，在电视及报纸都播放、刊登过了，但尸体依然没人认领，死者究竟是何许人士呢？市公安局通信科对于修复手机一事，也同样没有回音。

“嘟嘟，嘟嘟，嘟嘟！”董国良办公室电话响了起来。

“你好，我是董国良，有什么事?”董国良说话总是极具亲和力，让人觉得友善。

“董副大队长吗? 你好，我是内勤小玲，罗古迳那宗重大逃逸案件，现在有人来交管科认领尸体，请你下来。”电话那端的女孩说。

“好的，我立即到。”董国良放下电话，起身下楼。

小玲全名叫张惠玲，早年从大学毕业，参加公务员招警考试加入交警队伍，也是交管科唯一的女警察，她负责内勤资料和窗口对外办公。

“她们说认识死者。”小玲指着两位女子对董国良说。

“你们好，我叫董国良，负责交警大队的事故处理工作。”董国良自我介绍。

这两位女子似乎听不明白，摇了摇头。董国良意识到对方并不是本地人，赶紧用普通话重复一遍。

“我们在电视上看到启事，觉得死者像我们认识的一位朋友，我们这两天也无法联系上她。所以，就赶过来辨认一下，看是不是我们认识的人。”其中一位身材稍高的女子说。

董国良招呼对方坐下。小玲将交通事故案卷拿过来交给董国良。

“你们看看是否认识?”董国良从案卷中拿出死者的照片递过去。

“应该是……我想正是她了，她死得很惨啊。”稍高的女子惊惧地叫喊一声。

“她叫什么名字？哪里人?”董国良问。

“如果我没认错人，应该是她!”女子说，“她叫蒋留玉，与我是同乡，我们一起到这里来打工的。”

董国良见对方说得这么肯定，估计不会认错人，就对这女子说：“我想耽误你一点时间，麻烦你将她的情况向我们反映一下，可以吗?”

女子见董国良如此热情，心情放松了。董国良叫上李子亮和小玲，带两位女子走进调查室询问情况。

董国良倒了两杯热水端给她们后，对李子亮说：“你将这位小姐所说的情况做个记录。”然后，对稍高的女子直接询问：“你贵姓？请将你和她的情况告诉民警，好吗?”

“我叫蒋艳，与蒋留玉都是湖北人。”蒋艳回答说，“我俩3年前一起到小城打工的。”

董国良问：“你现在在哪家工厂打工？她是否与你住在一起?”

“我在开发区的新城电子厂工作。”蒋艳回答说，“我们原来一起做工的，两年前她辞工了。”

“她住哪里？家里有什么人？”董国良问。

“对了，我没有记错的话……她现在住在城南区中云路35号4楼。她老家有父母亲，有两个弟弟。他们没有来，还在湖北老家。”蒋艳对死者的一切很熟悉。

“她丈夫呢？”董国良追问。

“她丈夫？”蒋艳嘀咕一句。片刻，脸色有些暗淡。这一细微反应，哪能逃过董国良敏锐的目光？

“你知道她怀孕的事吗？”董国良语气平静地问。

“知道。”

“她丈夫呢？”董国良不急不缓地再问。

“怎么样？”蒋艳看了看同伴，稍作停顿才说，“反正人都死了，没有必要隐瞒了吧！”

“她还没有结婚。”蒋艳说得痛快。

“她还没有结婚？”董国良略带疑惑。

“是的，她还没有结婚！”蒋艳和盘托出，“她跟了本地的一位老板已经有两年，她怀孕也有3个多月时间了。”

“本地的老板姓甚名谁？”董国良问。

蒋艳面露难色地说：“这个……我不大方便说吧？”

“放心，一来我们公安机关会绝对保密，二来人都死了，如果需要的时候，我们也好向她家人作个交代嘛。”董国良以解释的口吻说。

“好的，我就告诉你们吧。”蒋艳拿起杯子，喝了一口水，继续说，“3 年前的冬天，我与蒋留玉从老家来到这里，经老乡介绍进了新城电子厂工作。在一次联欢晚会上，阿玉认识了本地一位姓叶的老板。叶老板年约四十，身材高大，人们称他叶总，也有人称他叶主席。”

“叶总、叶主席？”董国良皱了一下眉头。

蒋艳没在意董国良的表情。她的目光，落在调查室的一扇窗台，继续说：“叶总是建筑老板，人很大方。阿玉刚认识叶总的时候，他经常驾车带我们出去玩。后来阿玉跟了他，并在城南区租了房子居住，后来阿玉不再上班了。几个月前，听说阿玉怀孕了，她打算将孩子生下来。其实，阿玉太傻了，明明知道人家有老婆，有子女，与他生活还要生孩子，怎么可能有好结果呢？”

“你怎么这么清楚？”董国良问。

“我们一帮老乡经常到阿玉居住的地方打麻将，就比较清楚了。这两天打不通阿玉的电话，到她家又找不到人，刚好在电视上看到启事，我们就到这里来了。”蒋艳叹了口气，沉重地说，“我们还得通知阿玉家里。”

“你知道叶总的真正名字吗？”董国良望着蒋艳说，“他平时开什么样的车？”

“他叫叶……叶什么祥的？”蒋艳猜测地想了一会，回答说，“我们平时都叫他祥哥，他驾驶一辆白色小轿车，我不大熟悉叫什么牌子，反正……车好像是比较高档……”

晚上 8 时，交警大队会议室。

“各位同志，案件现在有了新的进展，我们计划下一步的工作。”董国良放下手里的杯子，对参会的同事说，“根据调查，证实死者是湖北人，叫蒋留玉。生前租住城南区中云路35号4楼，并与本地一位姓叶的男人同居致怀孕。这位叫‘叶什么祥’的男人，是搞建筑生意的，人称叶总或叶主席。”

众人的注意力，一下子集中在董国良的脸上。

“事先我已经作了摸底调查，这男人是市建筑集团公司董事长兼总经理，现兼任市政协副主席，叫叶瑞祥。”董国良起身走了几步，说：“由于此事关系到市领导，因此，我们必须慎重处理，在案件查清之前，要按工作制度做好相关保密工作。”

“案发前一天，叶瑞祥前往省城参加一个会议。”容大刚副科长站起来说，“我们这两天清查全市的白色凌志牌小轿车，查到市建筑集团公司有一辆。经初步了解，叶总前天就是驾驶此车到省城参加会议的。按时间算，明天或后天，他应该返回小城。”

董国良接过容大刚的话说：“明天走一趟市建筑集团公司。”

五、正面交锋

叶瑞祥，男，47岁，市建筑集团公司董事长、总经理，现兼任市政协副主席。多年来，他精明实干，短短三年，就带领市建筑集团公司从一个长期亏损的企业转变成小城的龙头企业，并成为省内建筑行业的佼佼者。听说，他最近有机会晋升市长，位高权更重呢！

叶瑞祥喜欢独来独往，从不用司机为他开车，这一点，内部很多人都知道。

当天，董国良与容大刚等人驾车直达市建筑集团公司。值班门卫带他们走上三楼的总经理办公室。董国良敲了敲门，待对方应答后，推门走了进去。

办公室暖乎乎的。叶瑞祥身穿一套黑色西装，坐在办公桌前看文件。

“叶主席，你好。”董国良走上前打招呼。

叶瑞祥抬头一看，热情地说：“董副大队长，什么风将你老弟吹到我这里来了呢?”他伸出手，大方地握紧董国良的手。

“叶主席，近来很忙吧。听说刚从省城开会回来?”董国良笑了笑说。

“昨天晚上才回来。你老弟有何贵干?”叶瑞祥客套地扬手示意董国良等人坐下。

董国良开门见山地说：“有一宗重大交通事故，今天特来打扰您，想了解一些情况。”

“好的，好的，有什么你就说吧，兄弟不用客气，如果帮得上的，兄弟一定尽力帮你。”叶瑞祥态度极其冷静，看不出有任何异样。

“叶主席，前两天在罗古迳路段发生一宗交通事故，造

成一女子当场死亡，死者叫蒋留玉，听说叶主席你认识她？”董国良单刀直入。

叶瑞祥面部肌肉微抖一下，但马上转回自然。眼睛盯着董国良说：“这名字……我应该没有什么印象？对了，我不明白老弟的意思，我认识不认识她有什么关系呢？”

董国良的眼睛始终没有离开叶瑞祥的脸颊。他的声调有意提高几度，几乎是一字一顿地说：“这个女孩叫蒋留玉，湖北人，死于3天前的交通事故。叶主席，你对这个人真的没有印象吗？”

“董副大队长，外地的女孩子，我怎么可能认识呢？”叶瑞祥侧过脑袋，满不在乎地答道。

“不过，有人给我们提供了一些情况，说你与蒋留玉好像……”董国良点到即止说。

“你说什么？”叶瑞祥急不可待打断董国良的话。他火爆地说：“人家怎么说我不知道，我的确不认识此人，请你搞清楚，好吗？”他以居高临下的语气说：“董老弟，我刚回来，工作很忙，明天还要乘飞机赶往美国考察，如果没有其他的事情，我就不留人了，请回去吧！”

董国良点了点头，站起身来，以轻松的口气对叶瑞祥说：“不好意思，叶主席，我只想了解情况罢了，请你理解我们的工作。既然你真的不认识，那就不打扰你工作，告辞。”说完，他与叶瑞祥握手告别，驾车回交警大队。

10时，交警大队会议室，董国良带领交管科同志研究案情。

“这宗交通事故逃逸案，现在没有什么进展，大家有什么提议？”董国良抬手轻轻敲击桌面说，“如果这个人就是叶瑞祥，他身为知名人士，包养情妇不承认，并不奇怪。”

“报告！”董柱荣拿着一叠资料走了进来。

“有什么情况？”董国良问。

董柱荣递过一叠资料说：“事故现场遗留的手提电话已经修复，查出其通话记录。”他指着其中一张记录单的末尾几行继续说：“在事故发生前一个半小时，蒋留玉都是与同一个手提电话通话，其中有一次通话时间长达三十多分钟。”

“这手提电话是谁的？”董国良问。

“就是市建筑集团公司老总叶瑞祥的啊。”董柱荣答道。

“我们核查 26 辆白色凌志牌小轿车，其中外出的一辆就是市建筑集团公司的，此车平时由叶瑞祥专用。案发前一天，由叶瑞祥驾驶前往省城开会。”容大刚补充说，“现在可否再找叶瑞祥，一来拿这些通话记录资料核对他与死者的关系；二来可否将其使用的小车核查一遍？”

“好吧。叶瑞祥虽然不耐烦，但我们职责所在，只好再访一访他。”董国良拿上资料，再次驾车前往市建筑集团公司。

叶瑞祥仍留在办公室。

董国良走进去，笑笑说：“叶主席，再一次打扰你。刚才我已经说过了，就是想向你了解一些情况，可你说，你不认识这个蒋留玉，我只好……”他稍停顿一下，将手中的资料递上去，放在叶瑞祥面前的办公桌上，继续说："现在我想了解一下，既然你们之间不认识，又怎么会通电话呢？这儿有点资料，请主席你看一看。"

叶瑞祥胡乱翻看一遍后，果然显得不耐烦，将资料扔回桌面上。"董副大队长，这是什么东西？"他看起来真有点生气，"你说什么呀！你怎么能说我经常与这女人通电话呢？"

"叶主席，这是你的电话与蒋留玉的电话通话记录，请你详细看一看吧。"董国良指着资料末页的几行数字说，"这是你们的最后通话记录，通话时间都在凌晨一点钟以后的。"

叶瑞祥全身抖动两下。他低下头，做了一个深呼吸，促使自己镇静了下来。

董国良的语气自始至终平缓，现在仍旧不动声色地问道："叶主席，你解释一下这个问题吧。"

"董国良，你做好你的交通管理工作就行，我个人隐私与你无关！何况我也没时间跟你解释这些。你不要忘记，我还有一个职务，就是市政协副主席！"叶瑞祥故意提高声调说。

"我知道你是市领导。不过，很抱歉。叶主席，因案情需要，如果有冒犯你的地方，请原谅。但我现在要检查你的车，希望你理解。请你将车交给容大刚副科长，好吗？"董国良礼貌地说。

"董国良，你不会怀疑我的车吧？你所说的发生交通事故的时间，我正在省城参加一个会议，车也是停在省城，你不是不清楚，我的车有不在场证据，为什么还要检查我的车?”叶瑞祥急躁地站起来质问。

“叶主席，请你不要生气，我可没说你的车肇事。因案情需要，我们要对全市现有的26辆白色凌志牌小轿车进行排查。当然，你的车也不例外，我们希望通过检查来排除嫌疑。相信叶主席你也希望通过检查还你一个清白吧？因此，请叶主席理解、配合我们工作。”董国良刚柔并济道。

叶瑞祥见董国良嘴上客气，但话语透着一种坚决，更讲到“案情需要”的法律规定上，肯定是没有回旋的余地了。他硬着头皮，从抽屉掏出车匙交给董国良。

六、机场缉凶

在交警大队车间，一辆白色凌志牌小轿车在升降台升起，董国良带领人员仔细检查。

小轿车保养得很好，全车清洗干净。看上去很难找出什么端倪。

“此车有特意清洗车底的嫌疑，要对全车底部进行血迹测试。”董国良叫人从勘查车上取来痕迹提取箱。

勘查组的黄坚宁取来一个银色的箱子。打开箱子，拿出一沓试纸。对车的底部，由前至后各处进行擦拭检查。

别小看这些试纸，它叫“联苯胺隐血测试”，是检验血液的一种反应剂。凡是有过血迹的地方，哪怕血液已被稀释成万分之一，都能被清晰反映出来。

不过，起初一张擦拭纸未见反应，两张也没有动静……

“有反应了。”忽然，黄坚宁冲董国良递来一张略呈蓝色的试纸。

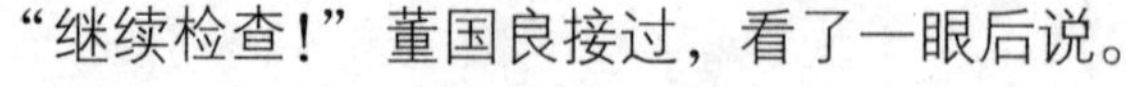

“继续检查!”董国良接过，看了一眼后说。

“有反应了……有反应。”黄坚宁每化验一张擦拭纸，立即报告一次。

“此车大面积接触过血迹，值得怀疑，请大家认真检查。”董国良说。

“董副大队长，这里有纤维丝。”勘查组的李子亮指着排气管接口处说。

董国良侧过头，朝着李子亮所指的方向看，果然看见排气管接口处的一颗螺丝上，挂着几根细微的纤维丝。

董国良叫李子亮提取纤维丝后，再从 4 条轮胎的花纹中做血迹提取，然后一齐送刑警化验。

次日早上，董国良叫上法医刘东，一起赶往市公安局刑警技术中队取化验结果。

化验结果证实，从小轿车底部提取的纤维丝与死者衣服纤维相同；纤维丝上所沾血迹与死者血型相同，DNA 有待进一步化验。

董国良召集各路人马齐集交警大队会议室。

“杨达峰副科长与刘东负责跟进市局刑警技术中队的 DNA 检验结果。现时的证据已经比较充分，叶瑞祥所用的小轿车，应该就是肇事车辆。”董国良看了看手表，对大家说，“现在已经是上午 10 时，离叶瑞祥今天下午 3 时乘坐飞机前往美国还有一段时间，他现在应该正在赶往省城机场的路上，我们必须在他上机之前将其带回交警大队审查。李子亮、黄坚宁、董柱荣与我四人立即前往机场。容大刚副科长带组留守。”

赶往机场的路上，董国良用电话向李明副局长作了情况汇报。他知道叶瑞祥身份特殊，他特别要求，请李明副局长向市委主要领导讲清事情始末，请他们作出指示。

不一会，李明副局长转达了市委、市政府主要领导意见，要求董国良按法律程序公正办案，不管是谁触犯法律，都不能让其逍遥法外！

下午1时，董国良等人在机场国际出发厅守候。

时间一秒一秒过去，时针已经指向下午2时，未见叶瑞祥的影子。飞往美国的班机开始办理登机手续。

下午2时30分，身穿黑色皮衣的叶瑞祥拉着一个旅行箱出现在候机厅。

董国良等人朝登机闸口走了过去。

“叶主席，你好。”董国良迎上前。

叶瑞祥吓了一跳。他看见董国良与三位身穿制服的警察围了上来。他情不自禁浑身颤抖。

“你……你好，董……董副大队长。”叶瑞祥好不容易挤出笑容，皮笑肉不笑的，非常难看。

“叶主席，你因涉嫌一宗交通事故逃逸案，请跟我们回交警大队接受调查。”董国良很严肃，以宣读式的口吻说。

“董副大队长，请你不要胡乱抓人，什么交通事故逃逸案？我不知道！如果你有什么需要调查的，等我回来再说，

我现在有任务，要乘飞机赶往美国考察。”叶瑞祥努力恢复镇定。

“叶主席，这是传唤证，现在正式传唤你，请你跟我们回去，协助调查。”董国良毫不犹豫掏出传唤证，递到叶瑞祥面前。

叶瑞祥远远瞅着停停落落的飞机，不由自主地长长叹了口气，垂下了脑袋……

市交警大队交管科调查室，董国良与李子亮、黄坚宁正在对叶瑞祥进行问话。室内的空气凝重，虽然开着暖气，但叶瑞祥还是觉得寒风嗖嗖。

董国良给叶瑞祥递来一杯热水。董国良待叶瑞祥喝过水后说：“叶主席，造成蒋留玉死亡的重大交通事故逃逸案，你有嫌疑，希望你能够配合我们工作。”

“董副大队长，请你说清楚些，什么蒋留玉，什么交通事故，我全不知道。何况，你所说的发生交通事故的那一天，我正在省城开会。”叶瑞祥摆出一副受尽冤屈的样子。

“叶主席，经查对，你可是经常与蒋留玉通电话的，如果不相识，为何会通电话呢?”董国良的目光，追逐着叶瑞祥眼睛散发的狡黠的光线。

“与我相识的人很多，每天通话都有无数次，至于和谁通过电话我怎么可能记得起来，就算通个电话也不能说明什么吧？董副大队长，你……”叶瑞祥反问。

“通个电话不能说明什么，但蒋留玉怀孕三个多月，你应该清楚吧?”董国良打断叶瑞祥的话，说，“叶主席，请你进行一次 DNA 检验，也许只有这样才能判断出蒋留玉及其怀孕的事。”董国良目光一直未曾离开过叶瑞祥的脸。

叶瑞祥见董国良这样直视自己，不自觉地将目光移开。

叶瑞祥沉默几分钟，对董国良说：“董副大队长，你要查交通事故，并不是查社会关系，对吗？”

“叶主席，我查的这个社会关系，肯定是与案件扯不开的，特别是这宗交通事故……所以，交警大队会采取一切合法手段和措施，包括进行 DNA 检验，目的是要查清相关问题。”董国良以坚决的语气说。

“董国良，你不用做 DNA 检验！”叶瑞祥口气突然变得强硬，冷梆梆地说，“我今天可以告诉你，就算我与蒋留玉有关系，但我是一个男人，男人出来应酬也不足为奇，你总不能因为我与她有关系就将我传回来。你耽误我出公差，这样做非常不妥。”他略带不满。

“你现在算承认与蒋留玉有关系吗？为何一开始不承认呢？”董国良紧问一句。

“我听你说她发生交通事故死亡，其实心里也不舒服，唉……”叶瑞祥语气稍缓和一些，叹了一口气说，“男人出来社会有这样的关系，有些……有些平常吧？不过，也不是什么光彩的事情，所以……你明白我目前的身份啊！”

“荒谬，荒唐！这也叫平常？平常！”董国良心内苦笑，但没有接过叶瑞祥的话题。

法医刘东推门走了进来，递给董国良一叠资料说：“董副大队长，化验报告出来了，送验的血液和纤维丝上血迹的

DNA 完全一致。”

董国良接过化验报告单看了，脸上掠过复杂的神色。望着法医刘东走出调查室，心里茫茫然的，不知是何滋味。

“叶主席，蒋留玉发生交通事故死亡时，你在哪里？你的车又在哪里？请你告诉我。”董国良挠了挠眉头说。

“董副大队长，我已经说过，我当时在省城开会，车也是我开到省城的，你可以到省城查我开会报到的登记情况，其他就没有什么可说了。”叶瑞祥慢吞吞答道。

“叶主席，你要想清楚，我们没有充分的证据，是不会从机场将你带回来的，你要看看证据吗？”董国良扬了扬手中的化验报告单。

叶瑞祥望了望董国良手中挥动的资料，沉默一阵说：“董副大队长，你有证据就拿出来吧。”

“叶主席，你既然这样说，我就将情况与你讲清楚。”董国良将手里的资料摊在桌面说，“一来你驾驶的凌志牌小轿车，底部曾经留有大量血迹，车辆虽然被清洗过，但经化验血迹依然很清晰；二来你的小轿车底部一颗螺丝，留有死者蒋留玉的衣服纤维，纤维上沾有血迹，经 DNA 检验，属于蒋留玉的。也就是说，你的车就是碾压蒋留玉致死的肇事车辆。叶主席，你给我一个解释吧！”

“不可能！不可能！”叶瑞祥脱口叫嚷。

“怎么不可能？化验报告单都已经出来……”李子亮的话未说完，就被董国良挥手阻止了。

叶瑞祥叫喊两声后，双手抱着脑袋，一声不吭。

董国良再次给叶瑞祥的杯子添了些暖水。叶瑞祥举头将一杯水灌进喉咙，又沉默了。

过了十多分钟，董国良走近叶瑞祥身边说："叶主席，你不用顾虑太多，你的小轿车肇事逃逸是逃脱不了的，至于谁驾驶小车肇事逃逸，你总得说个清楚吧!"

叶瑞祥抬起头，眼睛泛现沉重，长长叹了一口气说："这个肇事者是我，是我……"

"叶主席，请你如实反映，因为你所说的一切，都有可能成为这宗肇事逃逸案的证据。"董国良说。

"是的，是我、是我驾车撞死人的。"叶瑞祥低声重复地说。

"你为什么要逃逸呢?"董国良追问道。

"我以为……当时夜深，地方又偏僻，抱着侥幸的心理，就驾车逃离现场。"叶瑞祥后悔不迭地说。

"叶主席，你将事故情况详细说一遍吧。"李子亮说。

"当天我在省城开会，返回小城办点事，事情办妥后我要驾车赶回省城。凌晨2时多，行到罗古迳路段，突然见到一个人横过公路，我急忙刹车并打方向盘避让，但车还是将行人撞倒，车从她身上碾压过去。那个时候，一切都是静悄悄的，我只好……驾车离开现场，从高速公路赶回省城。"叶瑞祥一口气将事故始末道来。

"叶主席，事故情况真是这样吗?"董国良的语气溢满怀疑。

"我确实……我真笨，我怎么会逃跑呢?"叶瑞祥自言自

语地说。

“叶主席，你肇事逃逸已经成为事实。不过，我们认为你所说的情况与现场情况似乎不符，你再说说发生事故当时的情况。”董国良的口吻仍很认真。

叶瑞祥看着董国良说：“事故情况就是这样，我已经如实反映了。”

已经是下午6时，董国良意识到事情重大，打电话向李明副局长汇报。

半小时后，李明副局长转达市委、市政府的意见，要求交警大队按法律相关程序处理，认真审查，公正执法。

董国良按刑事案件办理程序，暂时以涉嫌重大道路交通肇事逃逸罪，对叶瑞祥采取了刑事拘留，羁押看守所。

七、真相大白

看守所，审讯室内很安静，安静得连一根针跌落地上都听得见。

叶瑞祥低着头，坐在铁栅栏内。他的情绪非常低落，毕竟一夜之间从市领导到阶下囚，打击很大，与平日威风八面、呼风唤雨的形象判若两人……

昨天，董国良讲的一番话，如刺一般深深扎进他的心脏。整夜，他无眠，面前反反复复出现蒋留玉惨死的场面。他的心里面，不断注入恐惧与惊悚。他知道：欲想人不知，除非己莫为；天网恢恢，疏而不漏！他即使再狡猾下去，也逃脱不了法律的惩罚……

董国良慢慢地走了进来，瞧着沉浸在沮丧中的叶瑞祥。叶瑞祥没有发觉董国良的到来，自顾自地掰着手指甲。

“叶主席，你考虑了一个晚上，事情的严重性你已经很清楚了吧?”董国良先开口说，“你想一想，你的交代能令人相信吗？交通事故会刚好是撞死自己的情人吗？你的情人蒋留玉，为何在深夜穿得这么单薄，又在这么寒冷的时候到这么偏僻的地方？在出事前，你因何事一直与她保持电话联系？你真是为了避让才打方向盘和刹车吗？但现场并没有这些痕迹。所以，你所说的肯定不是全部事实。在这个时候，事情是无法隐瞒了，只有如实交代清楚才是你唯一的出路!”

叶瑞祥将头垂得更低，好像无法面对这眼前的人和事。

过了十多分钟，叶瑞祥始终未发一言。

董国良见叶瑞祥不说话，语气一沉说：“叶主席，我可以告诉你，这根本不是一宗正常的交通事故！你也没必要再隐瞒下去了。”

此时此刻，叶瑞祥浑身发抖，双手重重地拍在铁栅栏上。他几乎瘫软在地，冲着外面呼喊道：“我交代，我说我啊！我不懂法，我是法盲呀！我……啊!”

叶瑞祥不断地吞着口水。他目光晦暗，面前拉开了惨剧发生的全部画面……

两年前，叶瑞祥在一个晚会上认识了蒋留玉，后来在城南区中云路租住了一套房。蒋留玉再也不用上班了，他每月给她一万元的生活费。

三个月前，蒋留玉告诉他，她怀孕了，当时他没在意，因为自姘居后，蒋留玉怀孕也不是第一次了。因此，他给了她两万元，叫她的朋友陪她去医院做人流手术。

过了一个多月，蒋留玉再次对叶瑞祥说，她不想做人流，想将孩子生下来。他当时以为对方开玩笑，就劝说了她几句。她却很认真地对他说，做人流也可以，但要给她五百万元作为分手费和青春赔偿费。否则，她就将孩子生下来，到时到市政府上访，将事情闹大。

叶瑞祥气得发疯，他醒悟自己糊涂了，知道自己陷进了圈套。那时，他觉得事业如日中天，又有机会即将晋升市长，才不想因一个女人葬送自己的大好前程。但他一时无法拿出五百万元现金来，只好等候时机，待想出好办法再解决。

时间一天一天过去了。叶瑞祥用尽浑身解数，都无法动摇蒋留玉的决心，她口口声声称要叶瑞祥拿出五百万现金来，否则要他没有好下场。

渐渐地，叶瑞祥与蒋留玉吵架已是常态了，但他又不能直接拒绝她。这样，蒋留玉每天一心想得到她梦寐以求的五百万元，而叶瑞祥挖空心思要找到解决难题的办法。

可是，蒋留玉的肚子一天比一天大，事情已到了不能再拖的地步。

一个月前，叶瑞祥转念一想，冒出一个杀人灭口的念头，但苦于无从下手。

早些天，叶瑞祥到省城开会时，临去前打电话与蒋留玉联系。她说她的父亲在老家被一辆小车撞到，造成大腿骨折，要他给两万元寄回老家给她父亲治疗。他答应了。那时，他脑海里冒出制造“交通事故”这歪念。因此，他打起了小算盘。

第二天晚上，叶瑞祥偷偷从省城驾车回来，以拿钱给她父亲治疗为借口，约蒋留玉下楼坐到车上，开车将她带到罗古迳山坡。

叶瑞祥驾车到罗古迳后将车停下来，对蒋留玉谎称车坏了。他装作打开发动机盖察看，并叫蒋留玉下车拿着手电筒，站在车头照着他检查发动机。他故意用手在发动机上拧拧电线，然后叫蒋留玉拿手电筒站着别动，说他返回驾驶室试一下车。他上车之后，突然启动车辆，加大油门向前冲去，将手持电筒站在车头前面的蒋留玉推倒在地。叶瑞祥并没罢休，毫不犹豫加速，小车无情地从蒋留玉身上碾压过去。事后，叶瑞祥驾车返回省城，途中在一个路边洗车档，自己动手，反反复复将车擦洗干净，企图毁灭证据。

但是，从叶瑞祥痛下杀心的那一刻开始，他的内心就无法安宁。特别是董国良到他办公室来了之后，他隐隐约约猜出事情很快就要败露，就在出发赴美国考察之前，他已经担心警察会在机场“张网”了。所以，他迟迟未敢办理登机手续……

现在，叶瑞祥的交代，使发生在罗古迳的交通肇事逃逸案的所有疑团都被解开了。这是一宗利用交通事故作掩饰，实质是典型的“利用交通工具杀人”的荒唐闹剧。

董国良深深地打量叶瑞祥一番，重重地长叹一声，然后转身离开。对于叶瑞祥犯罪，他无法用什么言辞来表述了。一个党员领导干部，单纯地说“我不懂法，我是法盲”，就可以概括他的彻底堕落吗？此刻，他思绪万千，心里面浮现出一句既平常又简单的话：做官，就做一个好官吧！

小车窗外，细雨纷纷，寒风依然撕扯路两旁的残叶。董国良的脸上，慢慢地浮现了丝丝笑意。他心里千万次地叮嘱自己：“我是一介普通警察罢了，但我会是一名忠诚的人民卫士！”

我在海侨“守水塘”的日子

我是一名刚入行的警察，具体地说，还算不上是真正的警察，因为我入行不足一年，只是一名见习警员。现时，警队正在开展“为何从警、如何做警、为谁用警”的大讨论。面对这样的题目，显然不在我这名“新警”“深有体会”的范围。但近半年来，不管工作观点，抑或是人生观与价值观，都有很大改变。因此，试谈自己的体会。

我是一名外地人，被中国第一侨乡——台山市录取为警察时，真的有点“欣喜若狂”。但当我被安排到现在的海侨派出所报到时，内心却觉得有点“不可思议”。因为海侨派出所从城区乘车要一个半小时才能到达，真的是台山偏远地区。海侨的偏远和冷清，与第一侨乡的繁华有着天壤之别。而且辖区很小，只有三个村委会和一个居委会，人口也只有5 300多人。派出所所在地是没有市集的，下班后就“冷冷清清”了，既没有人来人往，更没有任何可供消遣、打发时间的地方，甚至连个小卖部、饮食店都没有，这让我感觉有点像“守水塘”。没办法，服从安排是警察的天职。就这样，带着“守水塘”的感觉，在这偏远的山区开始了我的从警之路。

因为派出所警力少，而我又是新警，所长安排我与他一个小组值班。所长姓陈，是一位四十多岁的中年男人。他有点像个老头子，总爱“唠叨”，常在我们这些“后辈”面前谈工作、讲人生，且有点“太深入”了。说真话，我原先还真有点瞧不起这位“老差骨”，总认为他的工作态度甚至人生观都“out”（出局、在外的意思，表示过时）了，不合我们新生代的观点。但半年后，我完全改观，这也是我想谈谈“为何从警、如何做警、为谁用警”的初衷，也可以说是在所长言传身教中，自己的一点领会吧。

一、警察故事

1. “不懂图名”的所长。所长常说：尽心尽力助人、吃亏是福。

2013年9月，我与所长值班。下午6时，所长讲近期有吸毒人员在辖区活动，为了隐蔽侦查，要我换便服驾驶他本人的小车出去巡逻。

所长驾小车驶到五丰村委会路段，前面几百米处，有一辆两轮摩托车突然失控跌倒，车上两人倒在地上不动了。只听所长说：出事了！立即将车驶上前停好，下车查看。见倒地上的男人慢慢爬起来，另一名女人头部受伤致五孔流血，已动弹不得。所长立即询问已能站起来的男人。对方说他们是夫妻，驾摩托车到海侨来找朋友，摩托车撞上一块石头失控倒地。所长对这男人说：“先送医院!”他立即将受伤昏迷的妇女抱到车内，叫我把驾摩托车的男人扶好。所长顾不上一身血水，驾车将伤者送到海宴医院抢救。

到医院后，医生说女伤者伤势严重，必须立即动手术，但要缴交费用。这男人说他是外地人，身上只有几百元。所长二话不说，就从身上拿出两千元交了抢救费，并询问这名男人相关情况，以便通知家人。直到手术做完，联系上女伤者家人之后，所长在没有留下自己姓名与电话的情况下，带我离开医院。后来，伤者家属通过医生打听，得知是海侨派出所所长，就给所长送来了锦旗、水果作为感谢。

2. “爱管闲事”的所长。所长常说：群众有事时，第一个想到的人是你，你就成功了！

海侨派出所辖区单一产业是甘蔗种植。每年都有来自全国各地的人种甘蔗，人口流动大，不仅给辖区的治安管理工作带来了压力，也给服务工作增添不少难度。

为更好地服务群众，所长主动联系蔗农，尽最大的努力为外来务工人员服务。他自制“警民联系卡”，并在背面写上“有事请打电话找我，我一定尽快赶到”的字样，发放到辖区的居民和外地人手中。

2014 年 3 月，重庆人谭某偕妻子到农场包地种甘蔗。刚落户不久的一天凌晨，谭某的妻子突然发高烧。对一个离家千里，又刚落脚在南方农场的外乡人来说，东南西北尚没分辨清楚，又怎能在黑夜中将急病的妻子送往医院呢？正当谭某心急如焚的时候，想起前几天派出所陈所长送来的一张卡片。他怀着试一试的心态，拨通了陈所长的电话。

“您好，我是派出所陈所长，您有什么事吗？”电话那头传来亲切的询问。那一瞬间，谭某感觉好像找到了亲人一样，激动得泪流满面，哽咽着将妻子突发高烧一事告知所长。十分钟后，所长驾驶一辆警车赶到谭某的家门口，将病人送往医院抢救。由于抢救及时，谭某妻子脱离了生命危险。

3. “不务正业”的所长。所长常说：群众利益无小事。

2014 年 1 月，一名群众到派出所来报案，自家养的七只鸡被邻居偷了五只，要求派出所处理。所长接报后，带我一起去现场查看。

经过查看后，所长认为不是被盗，可能是五只鸡走失了。但该名群众一口咬定是一向不和的邻居郑某偷了，原因是两家人向来就有矛盾；而且郑某知道自己养的七只鸡是春节过大年用的，所以就偷走。所长叫失主先不急，到周围找找再说。

所长带我整整用了一天的时间，在大片甘蔗地里穿梭。终于在傍晚时分，帮这名群众找回了走失的五只鸡。后来，所长还通过此事做了大量的劝导工作，化解了两家人的矛盾。两家人现在成了好邻居。

4. “不懂赚钱”的所长。所长常说：不谋私利睡得安。

2013 年 10 月的一天深夜，所长带队在辖区巡逻时，查获一辆没有携带证件的两轮摩托车。驾驶摩托车的中年男子见是所长，就忙着套近乎，说家人身体不适赶着出来买药，所以忘记带证件，希望所长放他走。

所长对其进行简单的询问，发觉此人可疑，决定将其带回派出所作进一步审查。该男子随即从口袋里拿出 2 000 元

“担保金”递给所长，说只要放他走，这2 000元就是所长的“饮茶钱”。所长当场严辞拒绝，并将该男子带回派出所审查。经查，该男子陈某驾驶偷来的摩托车去海宴吸食毒品，趁着半夜回海侨，以为无人知晓，殊不知栽倒在“不懂赚钱”的所长手上。

二、基层特色

要说我的这位“不务正业的所长”，还真的有很多“不务正业”的事。但半年后，我发觉所长所务的不仅是正业，而且还是有“根基”的正业。因为在所长眼中，群众利益无小事。所长曾花两天时间侦破一宗农民香蕉被盗案，香蕉价值不足一百元。而这些小事不胜枚举。

所长在两年时间内，已下乡走访过辖区内绝大部分家庭，而辖区几千名群众大多接触过所长。所长常说，要到农民家了解情况、拉家常，常联系，感情长。而所长帮群众办的很多都是“芝麻小事”。但也正因为这些小事，真正体现出所长与辖区群众的“鱼水情”。公安工作犹如所长所说：群众是基础，感情是桥梁，真诚是钥匙。这也就是所长常说的“基层公安工作特色”。

也正因为这样，群众与我们民警关系都很好。派出所上年度各项工作，大多通过“群众感情”中获取信息，也有很多案件是通过“群众关系”而侦破的。也正是在这位“不务正业”的所长的带领下，通过“依靠群众、服务群众”，而把“正业”给“务下来”，派出所也取得了历史以来的最好成绩。

三、本人体会

虽然我这位“新警”没有经验，但所长对我们新同志的“谆谆教诲”，以及所长的言行，让我深有感触，也非常受用。下面，我试着以所长的影子为背景，结合自己所学，就“为何从警、如何做警、为谁用警”谈谈自己的体会。

1. “为何从警”。当一个人要从事某行业时，可能都有所选择，或是一个理由，或是一个信念。我原先入警队时，还以为警察一定要“轰轰烈烈”干些“勇擒歹徒”、“千里追凶”等事。现在才知道，在偏远的山区工作，更能体现一个警察的价值，只要自己定位正确，立心为群众服务，就能当好一名称职的人民警察。而且在偏远的山区，只要有一点光，它会比在繁华的都市里更耀眼，同样可以“霞光万丈”，同样可以“展翅飞翔”。这就是我想说的：扎根山区，全心全意为群众服务——为信念从警！

2. “如何做警”。所长教导我们：就是以忠诚、热诚、真诚这三个“诚”做警。一是对党、对人民以及对职业的忠诚。要时刻牢记自己的警察誓言，将自己交给群众，随时奉献自己的青春。二是对公安工作的热诚。所长说，要当一个合格的警察，就要在自己的每一个工作岗位上，努力打造一个“里程碑”！所谓“里程碑”，就是针对工作进行改革、创新，让公安工作上一台阶。所长曾在多个工作岗位，立下多个“里程碑”。他创建了江门市第一条交通安全村，为交通安全宣传创建了新的工作模式；在交通事故处理工作中有三项改革被全省学习采用，其中一项改革写进了新的《中华人民共和国道路交通安全法》。

因此，做警察就是要用自己对工作的满腔热忱，从理论到实际，有针对性地进行改革、创新。只要在法律范围，在职责范围，大胆、努力闯出一片新天地，就能推动公安工作向前发展。这就是我想说的：以推动公安工作向前发展为目标——为立“里程碑”做警！

3.“为谁用警”。我国的人民警察具有执法与服务的双重性质。他是国家执法机关的法律执行者；是打击和预防违法犯罪的落实者；是政治大局和社会治安大局稳定的维护者；同时也是人民的勤务员，是群众真诚的服务员。只有认识警察职责的性质，才能在法律与制度下灵活、合理地使用警力，最大限度发挥警力效能。也就是说，警察必须在最需要他的时候，在最需要他的地方出现。这就是我想说的：警力就是要为有需要的人民群众而使用——为“严格执法、热情服务”用警！

心语 公安机关于2014年开展“为何从警、如何做警、为谁用警”大讨论。

海侨派出所有三名新入职的民警，此文是我站在一名刚入职的“新警”的角度所写，其中也是真实事例。海侨派出所的群众工作方法也得到上级领导及当地群众的认同。在开展各方面的工作时，也得到辖区群众的大力支持，使各方面的工作开展相当顺利。

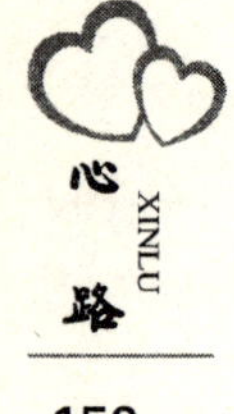

诚　实

周末带儿子参加A餐厅举办的儿童“派对”，有三十多名儿童参加，其气氛也非常活泼、浓厚。

“派对”有几个活动游戏，其中一个游戏是抽十多名小朋友进行比赛。游戏规则是在场地中央放三个箱子，每个小朋友从座位跑过来，在第一个箱子内抽一张纸，纸条上分别写上“薯条”、“鸡翅”、“麦乐鸡”、“可乐”等几种食物名称。各人按抽到的食物名称，再跑回自己的座位上吃上一口指定的食物，然后跑到第二个箱子。按上述做法，最快抽完三个箱子的小朋友就算胜出。

我儿子和邻座的一位女童也参加了这个游戏。我儿子第一次抽到“鸡翅”后，跑回座位很规范地吃了一口鸡翅，再去抽第二张。邻座的女童也跑回去告诉爸爸她抽到“鸡翅”，正待要吃的时候，她爸爸对她说：“傻女，不用吃了，姐姐（主持人）不知道，快跑。”这女童没吃鸡翅就跑去抽第二张。这女童用同样的方式很快就跑完了三次，并获得了第一名。

儿子被淘汰后，回来问我：“爸爸，她为什么每次都不用吃，没有按规则做也可以得第一名?”

我不知道如何回答儿子这个问题!

为人父母，是否应该这样教育儿女运用“技巧”去取胜？抑或这样教育儿女“适者生存”？我不得而知，但可以肯定一点：这“聪明”的父亲，使用“技巧”助女儿取得了第一名，在人生更重要的“诚信”比赛上，他（她）绝不会有名次！

心语 人在生活、工作和学习中，的确需要“技巧”，但更需要“诚实”。社会上确实有一些“不诚实”的现象。但作为家长，特别在教育孩子方面，我们应该以诚实、信誉等社会道德为基准，告诉孩子们运用他们的能力与智慧取胜，而不是教孩子从小“投机取巧”，为了名誉违背“诚信与良心”。

为人父母，我们要让孩子从小就明白“友谊才是第一，比赛只是第二”的内涵。这样，我们的下一代才能茁壮成长，才能成为真正有用的人。也许这样，孩子以后的人生道路会更加平坦和宽敞！

一个丑陋的“外国人”

我是一名从事道路交通事故处理工作的交通警察。在多年的工作中，我接触过很多不幸的家庭，也接触过无数带着悲痛、激愤的死者家属，伤残的当事人和亲朋好友。我从来不对参加交通事故处理的人“大动肝火”。

但在某天，我不得不“大动”了一回“肝火”，痛恨地骂了死者亲属一顿。

某天，在辖区公路发生一宗重大交通事故，造成一路人死亡。死者家属多次到交警大队来咨询有关情况，我都逐一解释和给予相应的协助。

第二天，死者家属七八个人，来到交警大队找我，也是为了这宗交通事故。我刚接待他们坐下，其中一位廿二三岁的青年仔劈头就给我一句：“我想质问你们为什么不抓人？你们中国的法律是怎样执行的？在我们美国，我就可以告你们妨碍司法公正和不作为了！”

他将“你们中国”和“我们美国”这几个字说得特别响亮。

我一听，当时有点恼火。

但我还是强忍怒气问他：“你又是哪里人？”

“美国！”

我又问：“入籍了吗？”

“去美国几年了。”

当听到“去美国几年”时（其实就算他是入了籍，我也会换一种方式骂他），我就毫不客气地骂他：“不说你入籍没有，就算入了籍，这又代表了什么？无论怎么说，你是中国人，你身上流的还是中国人的血！多少华侨旅居国外，有的甚至几十年，但他们人在海外，心都在中国。一样热爱自己的祖国，一样关心、支持祖国的建设。他们骨髓里，永远保留着中华民族自爱自强的本质。不管跑到哪里，都光明正大地承认自己是一个标准的中国人！而你刚去美国才几年，就分得这么清楚？自己不当中国人，难道美国会当你是美国人吗？你简直不懂羞耻！”

这个青年及其亲朋，听我把话说到这个份上，他们也觉得青年仔有点过分，就连声说“对不起”。

中国几千年历史，从秦皇汉武、唐宗宋祖到现在的中华人民共和国，代代竞风流。

现时的中国，在政治、经济、军事和民生等方面都取得重大进步和举世瞩目的成就，随着国力增强、国民生活水平提高，中国在国际的地位也相应提高。中国无论在外交、贸易、科技、军事、金融、体育等方面都受到世界尊重，公民的身份也备受国际厚待。我记得拿破仑曾经说过这样一句话：“中国是一头沉睡的狮子，一旦醒来，将震动世界！”

我不解，这个青年仔为何会说出那样的话？

中华民族，泱泱大国！中华文明更是世界上唯一没有断灭，几乎完整存留至今的古文明。我为自己是中国人感到骄傲；我为自己是中华儿女感到自豪；我也为这个所谓的“外国人”感到羞耻！

心语 我们中国人都这样认为，只要身体流淌着中国人的血，无论他生活在何地何处，即使他加入了外国籍，他也无法改变黄皮肤、黑头发的中国人外貌，因为他的根在中国，他的祖祖辈辈都是中国人！

一个真正的中国人，首先要热爱生他养他的祖国，这里是他的根。这条根，包括了他祖祖辈辈曾经生活过的故土。这块美丽而富饶的土地，时时刻刻萦系着每一个中国人的内心与灵魂。当然，汉奸、民族败类除外！

红本子

周末休息在家，妻子叫我陪她去美容院。她说要去城里最好的“颂华好儿女俱乐部”，它有美容、健身、舍宾（形体雕塑）等，什么休闲、娱乐的项目都有，而且价格不高。总的来说，这所俱乐部在妻子心中有一席之地。我想，哪里会有这么便宜的场所呢？这只不过是女人的时尚话题。但说归说，我也想见识见识一下这所俱乐部。

我与妻子走上俱乐部二楼时，与妻子约好的几个朋友正在等候。妻子说今天是她请几位朋友做美容，最后由我为她结账。看着妻子的豪爽，我苦笑应允。妻子她们进去后，服务员将我带到咖啡厅，递上一杯香浓的茶。

两小时后，妻子与朋友们一副满足的样子，从美容间出来，并送走了朋友。我叫服务员结账：糟糕，忘了带钱包！

着急之际，一位气质高雅的女子走过来，自我介绍说她是美容院的老板娘，姓朱。她问：“先生，怎么啦?”

我将情况告诉她。

朱小姐看我着急的样子说：“不要急，忘带钱是经常的事，你有什么证件吗?”

我搜遍全身，除了一本党员证外，其他就没有了。

我摇了摇头。

朱小姐看见我的党员证，微笑对我说：“先生，你是共产党员，我相信你，不用急，你方便时再拿钱过来吧，好吗？”

我奇怪地问：“单凭我是党员就可以作保证？”

朱小姐说：“就凭你是共产党员，就可以了。”

“我也是共产党员，共产党人都讲原则的，哈哈。”她笑着，自豪地说，“第一，我相信共产党；第二，我们做生意的，顾客至上嘛。再说你的党员证上有姓名，有单位，还怕你跑了吗？”朱小姐继续说：“这俱乐部名叫‘颂华好儿女’，就是歌颂中华嘛，我是很热爱祖国的，也是祖国的好儿女嘛。先生，欢迎你下次光临。”她善意的微笑，令我忘却了尴尬。

我从小就热爱自己的祖国，就算现在作为一名多年党龄的党员，心中还是有一份自豪。但想不到在生意有成的老板娘身上，竟然有这么强烈的一份信念，难得！

我倍感自豪之余，衷心祝愿“颂华好儿女”生意兴隆。

红本子——我爱你！

我的外公

我的外公姓雷，是国内著名的中医老教授。他艰苦朴素，勤俭节约，乐于助人，高风亮节，属于一位标本式的共产党员，人们尊称他为“雷公”。外公虽然辞世多年，但他对后辈，特别是对我的教育，令我今生难忘。

小时候，外公在广州工作。记得他每次回乡，都叫齐我们小辈十多人，教导我们中国的儒家思想。那时候听得不大明白，只知外公是一位好人。待到上高中，外公开始讲中国共产党的信仰。那时听来有一点玄，也有一点不知所云，只知道这是外公寄寓的一份厚望。我们知道他在家里待的时间不长，故每次都很“规矩”地听，反正听完就算。不过，还是被他不多不少地塞了一点“党性知识”。

我毕业时，外公已经享受正厅级离休待遇，他不住广州而要回到老家，并将分配给他的房子退还国家。他搬回老家居住，第一件事是叫人将他的党组织关系转回当地政府的党组织，以方便他参加组织活动及缴党费。那次见他拿着介绍信，第一次去政府党支部缴交党费的热切，隐约感受到外公对党有一种特殊的殷诚。

自此，外公每月都叫我用自行车载他到镇上缴交党费，同时不忘讲上那句话：组织有活动一定要通知他参加。

记得在跟外公学医的年间，他首先教的不是医理，而是怎样做人和怎样当一个共产党人。

当我进派出所工作时，外公已经九十多岁高龄，身体每况愈下，他念念不忘的就是叫我代缴交党费，并不时追问我是否写了入党申请书。

1994 年，年近百岁的外公大去之期已到。我不大清楚他临终前跟父辈们说什么，他也给我讲了很多，可惜我听得不大明白。但外公将党员证和党徽交给我，托我替他缴交最后一次党费时的忠诚与殷切，我没齿难忘。

外公虽已撒手多年，但他的音容笑貌及对党的忠诚，一直鞭策我前行。让我自豪的是：在外公的教育和鞭策下，多年前我已加入了中国共产党！虽然外公看不到，但我相信他在天之灵，一定会知道和深感安慰的。

我的外公雷芹生，1900 年出生，著名中医专家、教授，在军医界极负盛名。参与编撰的著作极多，其中有《祖国医学》、《中国全科医学》、《中国医事》、《人民军医》、《时珍国医国药》、《中国民族民间医药》等大量卓有贡献的学术专著。

心语 中国共产党的伟大及成就，特别是中国今天的发展，足以令世界钦服，也足以让国人振奋。

我们应该坚信中国共产党，拥护中国共产党的领导。努力做好自己的本职工作，为建设富裕强大的祖国，并最终实现共产主义而奋斗！

前一篇文章是我在建党节所写；这篇文章是我在清明拜祭、纪念外公时所写。

除夕故事

千禧年，除夕晚上10时。阿娟半倚床头，望着已熟睡的女儿，等候离城一百多里当交警中队长的阿良，思潮起伏：与当交警的董国良结婚两年来，总是聚少离多。自己每天除了上班，还要看管不足两岁的女儿。对此，自己也毫无怨言，总是默默为这个家操劳，只待周末假期阿良回家时，才娇柔一回……

时钟已经指向零时，阿良还未回来。刚才牙牙学语的女儿还不停地叫爸爸，今天除夕夜，从下午等到现在，还说今年的团年饭一定回家吃，他老毛病就是改不了，不知又跑哪儿去了，总让人揪心。

谈恋爱时虽有失约，但大多还能赶到。结婚以后，让人觉得有点像守活寡，心里总不是滋味。

同学阿玲的丈夫当了几年个体老板，袋里的钞票多了，天天小轿车出入不在话下，还双双旅游、购物，让人羡慕。自己各方面条件不比阿玲差，差就差在这“不争气”的阿良。他整天谈工作，讲原则，好像这世界上只有他一人要工作，好像单位没他就不行。没办法，谁叫自己找一个警察当丈夫，就当前世欠了他吧！不过现在还不回来，倒叫人怀疑他是否还理这个家……

阿娟醒来时，已是东方欲晓。阿良带着疲惫返回家里，阿娟看到他的警服染了一片血迹，阿良说是处理交通事故回来，脱了警服上床睡去了。

阿娟见是大年初一，也就没说他什么。起床洗漱后，她拿着阿良的警服放进洗衣机，就去准备早餐。

阿娟一肚子气没处出，打开电视机，尽是贺年广告，也没有什么心情看。

9 时正，是小城新闻节目时间。

电视机画面上，出现特别新闻的字幕：交警午夜救死扶伤，警察除夕无偿献血。

甜美而熟悉的播音说：昨天傍晚，在国道线发生一宗交通事故，造成多人受伤，交警同志出动多人处理现场，并送伤者往医院抢救。一个叫董国良的交警同志，为抢救失血伤者，无偿献血 400 毫升。

泪水，从阿娟眼角淌下。她心里反复念叨说：你这董国良，真让人又爱又恨，恨你傻乎乎，不懂爱惜身体，总让人担心。抽 400 毫升血液，不是一般人能承受得了的啊！

此时，阿娟似乎明白了很多。她走近床前，看着既熟悉又陌生的面孔，低头深深地吻了下去。

心语 警察工作繁重艰辛不说，对家庭的照顾都有所欠缺，这也是所有人民警察在现实生活中对家庭最大的愧疚。

能与家人一起吃上一顿“团年饭”，已成为很多警察的一种奢望。

救死扶伤是人民警察的天职，而无偿献血则是很多警察都曾挽袖而为之事。

警察的家属们，感谢你们的理解和默默地奉献！有了你们的支持，我们警察将更放心前行，英勇拼搏，为保障社会稳定和安宁，为保卫我们的家园奉献青春！

生 日

明天是10月1日，他记得非常清楚，不是因为国庆节，而是因为这一天恰好是宝贝儿子的生日。

他拿起电话通知所有的亲朋好友，明天一定要来参加儿子的生日晚宴。他正计划像往年一样——不！今年还要搞得隆重一些，因为今年儿子刚满十周岁嘛。

下午6时，他妻子驾车到学校接儿子回家吃饭。不知啥事，一向爱说话的儿子在饭局间一声不吭，似乎心事重重。

他问儿子："什么事不开心？明天是你的生日，爸爸已经安排好了。"

"爸爸，我们国家是否真的有小朋友没有书读？"

"你怎么问这事？"他有点奇怪。

"老师说，有的地方小朋友甚至连吃饭都成问题，经常要挨饿。"儿子连环炮般说，"这些小朋友一年的学费才几百元，他们都无法支付，而我每年生日一天就用几千元。爸爸，我不过生日了。"

"你这傻瓜，怎能不过生日呢！你生日是大事，花钱是值得的，爸爸今年还要为你搞得隆重一些，他们没钱与我们无关……"他似有些不快了。

"爸爸，你看，这是老师所说的'希望工程'。"儿子没让他把话说完，就从书包中拿出一本画册交给他说，"我想将今年过生日的费用寄给‘希望工程’，可让这些小朋友有书读。”

他觉得儿子傻帽，特意提高声调说：“天下有很多穷人，你天天不吃饭也救不了他们。”

“爸爸，话不能这样说，如果人人都像你，就真的没有救了。但我们人人都出一点力，就能帮助很多有需要的人了。其实，你上一次在宾馆所花的钱，足够一个小朋友读两年书了。爸爸，你只要浪费少一次，人家可以受用一生，何乐而不为呢？”儿子说话越来越像大人。

“爸不听你讲政治了，快吃饭。”他没好气地说。他心里在想：反正明天晚宴照常，别理这傻儿子的想法了。

深夜，他躺在床上辗转反侧，睡不着，望着窗外皎洁的月光。他叹了口气：记得小时候家里穷，自己连小学都没念完就得辍学，父亲将自己从学校带走的时候，流着泪求父亲的一幕，现在想起还有点心酸。儿子能说出‘浪费少一次，够人受用一生’，难得！真是难得！这几年，自己做生意，手头上有了钱，生活也好过了。只是……

梦中，他看到一群衣着褴褛的小孩，无助地睁着水汪汪的大眼睛，贪婪地望着自己丰盛的午餐。他们早已失去童真的脸上，挟裹着太多太多的疑惑……

国庆节一大早，他驾车到邮局将 5 000 元汇到“希望工程”办公室，并没有忘记在汇款人处写上儿子的名字。

从邮局出来，他心情特别愉悦。他决定将这汇款单送给儿子，作为今年的生日礼物。

他想了想，然后驾车到市场买了一整天的菜。这次，他要自己下厨，亲手为已经长大的儿子做一顿生日大餐。

心语 国家强大，社会发展，我们的生活水平大幅提高。但我国还有一些贫困的地方，生活水平相对较低。那里的孩子，还生活在温饱的边缘，更谈不上拥有好的学习环境。

如果先进发达的地方，生活富足的人们，能献出大家的爱心，尽可能地帮助贫困地区的孩子，让他们也能像我们自己的孩子一样，能有一个好的学习环境，最起码能够帮助他们解决温饱。如果大家都能相互帮助，我们的国家进步更快，我们的社会就更和谐，我们的生活也必将更美好！

面 试

天刚亮，阿良起床穿上一套崭新的警服，驾车赶往一百多里外的市公安局，准备参加晋升科级干部面试。

此刻，阿良心情特别好：自己当了几年交警中队长，工作还算不错，这次晋升公开面试是一个难得的机会，而且自己在前几科考得较好，今天面试是最后一科了，如果能顺利通过，也就无愧自己多年来的努力了。

7 时正，车驶到离城二十里路段，只见一辆小客车横卧路中。职业的敏感告诉阿良，一定是发生了交通事故。

阿良马上将车停下并亮起警灯，跑过去一看：一辆小客车和一辆两轮摩托车横卧路中，两车严重损坏，路旁及车厢内有两人浑身是血，不省人事。

阿良心想：如果自己抢救伤者，就耽误面试时间，也就耽误了自己的前途。

仔细一看，两名伤者鲜血淋漓。良知和职业道德告诉阿良：不得再拖了！

阿良迅速用对讲机向交警大队值班室汇报。然后将两名伤者抱上警车，鸣着警笛，风驰电掣往市人民医院驶去。

阿良将伤者送到医院时，已经是上午 8 点半。

阿良看着医生将伤者送入手术室，才拨通伤者物件记录的电话，通知其亲属。

阿良办妥所有事情后，一看表，已经是上午9时多，就立即驾车赶往市公安局。

阿良快步跑上二楼政工科考场，面试正在进行中。阿良欲敲门，主管政工的李政委从背后拍了一下阿良肩膀，叫其到办公室。

阿良心里明白，今天迟到了，他的未来包括他的事业就……他内心苦笑，慢吞吞跟随李政委走进办公室。李政委递上一杯茶问："阿良，为什么会迟到？这次晋升是一个难得的机会，你成绩也不错，你不觉得可惜吗？"

阿良硬着头皮，将救人经过向李政委叙述一遍。

李政委叹息一声，告诉阿良说：你的理由充分，我也相信你是职责所在。但是今次晋升面试同样是严肃的事情，容不得半点马虎，纪律明确规定，迟到是不能进考场的。

李政委带着惋惜的语气，叫阿良先回单位上班。

阿良安慰自己，心里坦然地想：我是为了救人而迟到，错过此次晋升机会。虽然有点可惜，但救了两条人命，我的选择非常正确，我更不会有任何后悔！

过了一些日子，董国良却意外地接到了通知，他有机会晋升科级干部，而且总分还位列第一。因为，他的"救人行为"，才是一个优秀警察最好的"面试成绩"！

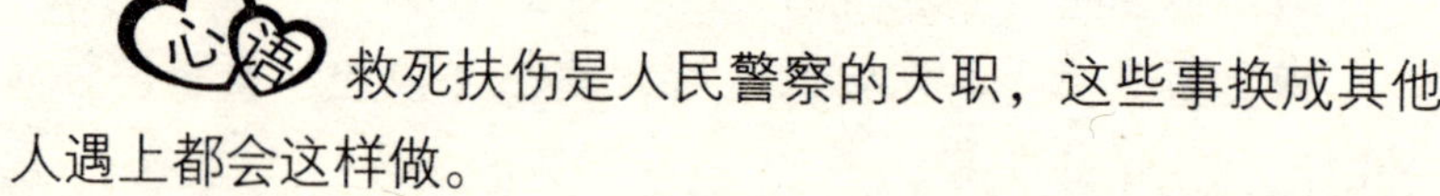

救死扶伤是人民警察的天职，这些事换成其他人遇上都会这样做。

而人民警察在长期的公安工作中，遇到特殊的事情也很多，他们都将使命、天职放第一位，哪怕是以生命为代价，警察都无怨无悔！

人，生活在这世上，错失的机会岂止一次、两次，只要我们尽力而为就好。就像中国文化所讲：你所要做的，只是尽最大的努力做好本分，而不是考虑结果。这就叫努力而不强求。

同病不相怜

阿强是转业军人，左腿受伤导致七级伤残，行动不大方便。回来后，组织安排在某单位工作。

不知何时起，阿强上班开始乘搭那些无证无牌，在城里招揽客人的残疾车。或许是同病相怜的缘故，阿强总觉得那几块钱车费，就是要给残疾人挣。

近期，市交警大队与相关部门，联合整顿城区交通秩序，对无证无牌残疾车载客进行专项整治。

阿强从电视上看到宣传，心里有点不平：说什么仁义，连这些残疾人都不同情一下，不准载客，人家还能干什么！说这些无证无牌残疾车既危险又无保险，乘客无保障。哼，我看，这些残疾人生活才无保障。

自从交警整顿秩序后，这些无证无牌残疾车已经很少了。但阿强反而要挑那所剩无几的，并整天逃避交警检查的几辆残疾车来搭乘。

这天，阿强又乘上了一辆残疾车回单位上班。行到南市路十字路口，有一辆小客车从右边路口驶来。阿强乘坐的残疾车刹车避让不及，碰撞小客车，造成阿强倒地受伤。小客车司机马上拦车将阿强送医院，并打电话报警。

交警同志处理完事故现场后，到医院看伤者并了解情况：阿强右手骨折、面部软组织严重挫伤，要留院治疗。交警同志告诉开残疾车的人，回去筹钱为伤者缴交医疗费。

几天过去了，医院不断催交医疗费，但那驾驶残疾车的人，一分钱都没有拿过来。

阿强无奈，只好打电话，将情况告诉交警。

交警同志到来医院，询问了阿强的伤情后，递上一份《道路交通事故责任认定书》：驾驶残疾车的人无驾驶证驾车，以及不按规定让行，应负事故的全部责任；阿强与小客车驾驶员，不负事故责任。

交警同志告诉阿强：交通事故是以责任论处，谁负事故的责任，就由谁赔偿；如果该责任人无经济赔偿，阿强可以向人民法院提出上诉，追偿医药费和其他赔偿。但现在要自己先掏钱支付医疗费。

交警同志临走时还说：开残疾车的人无驾驶证，车辆没有购买保险。那人家里很穷，已经多次催促，他都拿不出钱来，其残疾车辆还暂扣在交警大队。

阿强既气愤又后悔：好你一个开车的人，我出自同情才搭你的残疾车，现在出了事故，反而不理我，而且没钱赔偿。这次坐着这样一辆车，真是倒大霉了，受痛苦还要自己付医药费。看来，只好等出院后法院见了。

心语 残疾车是残疾人专用的交通工具。此类车辆不用办理牌照，也不用缴纳路费、税收和保险等费用。

因通行成本较低，残疾车在城区搭客的情况极为普遍，

且发展趋势迅猛。当中有少许是残疾人，而更多是正常人驾驶残疾车搭客，给城区交通秩序带来很大的安全隐患。而且此类残疾车一旦发生交通事故，因其没有购买车辆保险，乘车人没有任何保障。因此，由市政府牵头，交警大队联合相关部门，对此类违法载客的残疾车进行专项整治。

我针对当时的整治情况，从交通安全宣传的角度，写下了这则小故事。

人　情

老赵下岗后，买了辆两轮摩托车在城里载客，生活还算能解决。

但近几天，老赵发愁了：因为摩托车到期审检，各项规费不下几百元。听说，还要强制购买车辆保险。没办法，看来要找找在交警大队当车管科长的弟弟了，别人说他不近人情，但自己兄弟，总得关照一下吧。

第二天，老赵驾车到交警大队办理审检，办证民警要求老赵按规定购买车辆保险后，才给予加盖年审章。

老赵拿着手续单证直奔二楼科长室，找到正在忙着工作的弟弟，说："你的同志要我购买车辆保险，你就给我免了吧。"

"哥，这是法律规定，也是为驾驶员着想，你买了吧，不就是几百元嘛。"赵科长放下手头上的工作，边说边递上一杯热茶。

老赵忙说："什么几百元，哥可要做半个月了，你就给我免了吧。"

"哥，真的不行，不是我不帮你，这是原则问题，所以不行。"赵科长不通人情地说。

老赵真的来气了："你们为谁着想呢？我开车十几年了，还没出过事故，购买保险不是白亏了？倒不如给几百元你算

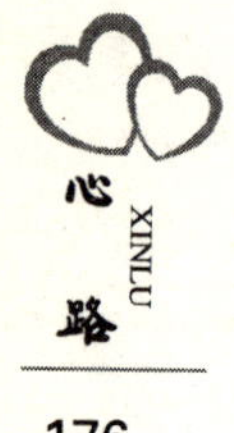

了，你叫人办妥!”说完，真的将三百元扔到桌上，转身下楼就往办证处走去。

果然，赵科长打电话到办证处，办事的同志给老赵加盖了年审章。

老赵虽不快：当官的就是这样，即使是亲弟弟也不给情面，幸好“肥水不流别人田”，总比白白“贡献”的好。

事有凑巧。过了两天，老赵驾驶摩托车发生交通事故，车辆严重损坏，人也受伤住了医院。

老赵躺在病床上愁眉紧锁：现在手头紧得很，哪里来几千元医药费？还要修车，最惨车辆又没有购买保险，如果当初听弟弟的话……唉！真是天意弄人啊！

“咚”、“咚”，随着敲门声，身穿警服的赵科长提着水果走了进来。询问了老赵的情况后，递上一份两天前买了全保的车辆保险单。还将老赵扔在他办公室桌面的三百元钱，递给他说：“哥，知道你手头紧，今年车辆保险费，就由我支付吧！你现在安安心心给我养好伤!”

老赵现在才明白：车辆能加盖年审章，是因为弟弟掏钱帮自己购买了车辆保险，而不是自己认为的“讲人情”。

老赵脸上，挤出一个怪难看的笑容。

心语 社会上很多人，风险意识不强，对购买车辆保险有抵触。市公安局交警大队在这方面做了大量的宣传工作。

此文是我从宣传工作的角度写的小故事。

诗文杂赋

现实世界

一天中午，驾车上班，在环市路口等候红灯时，习惯性往路口等的花坛望过去。只见数十只蜜蜂围着一朵朵的花儿“嗡、嗡”在飞。看着红绿相间的一朵朵小花，绽放在骄阳下，就像一张张可爱的笑靥。

勤劳的小蜜蜂，抖动着小小的翅膀，在花丛中来回穿梭，有的飞落在花蕊中，将身子伸进去，吸取花儿的精华，就像可爱的婴儿，吮吸着母亲的乳汁。

此情此景，很久未见了。一种久违的情愫，忽然在心间迸生，拼凑出一幅美轮美奂的乡村美景：紫云英花开了，田野间成了红与绿的世界，清风吹来，间杂丝丝清淡的花香，沁人心肺；辛勤的小蜜蜂，在紫云英花儿间飞往；牧牛孩童骑在牛背哼着儿歌；勤劳的人们在农田劳作……

田园画景，在逐渐城市化的今天，似乎成了都市人遥不可及的奢侈品。

小小的花儿，勤劳的小蜜蜂，小小的场景，虽不像儿时的大片田园风光，却把我带回到天真、幸福的童年。

突然，听到喇叭声响，是后面的车在催促了。前面的红灯，在我出神的时候已经转成绿色。

是的，光阴匆匆，孩童不再，经历风霜的洗礼，在远去的记忆里，欲寻找纯真、朴实，确实不容易。然而，我们展

望将来，未来的日子一样是美好的。对那消失在背后的少年儿童时代，依然深深地眷恋着，将它藏匿在心坎里面，回味无穷，也是一件好事也。

走吧，我们向所选择的幸福美好的方向，疾步前行！

心语 美好的环境能使人产生美好的心境，而善用美好的心态面对生活的人，相信他们的生活也必然是美好的。

伤心·明灯

伤心爱明灯，
明灯弃伤心；
伤心唯伤心，
明灯亦伤心；
初恋总甜蜜，
花开不结果；
若问是何故？
缘分不足矣。

心语 此诗是在上网群聊时，网名叫“明灯”和“不坏”的两位朋友，要我用他们两人的网名“明灯”和“不坏”作诗一首。而他们两人被网友戏称为恋爱不成的朋友。知此情况，即兴写诗来赠予他们。

明 灯

明于眼以辨事物，
明于心以辨是非，
明于道以尽人事，
明眼明心道亦明，
明灯照人更照心。

心语 在上网群聊时，一位网名叫“明灯”的朋友，要我用其网名“明灯”作诗一首，并要求每句开头第一个字都是“明”。我即兴以诗意吟诵的形式，写出此诗并赠予他。

我们的眼睛可以辨别世间某些物体，而心灵则能辨别是非与对错。当一个人心灵清明的时候，就像一盏明灯，照亮自己的同时也能照亮别人。犹如孔子所说：只要以诚信、仁义、礼仪待人，就能立于世，也就接近天道了；当你智慧具足成为圣贤时，就能教导后人，树标立榜了。

不 坏

不坏视为中，
不好归为庸；
两袖携清风，
方为人中龙。

心语 此诗也是在上网群聊时，一位网名叫“不坏”的朋友，要我用其网名“不坏”作诗一首。

他对我讲，他是一个“不坏的人”，且常宣扬做人“不必好，只要不坏就行”的歪理。我即兴写诗来赠予他。我想，一来完成他交给的“任务”；二来借机引导他，做人不能只求“不坏”，而应该努力做个“好人”。

其实，人生活在世上，单单“不坏”是不行的。不坏，固然没有破坏力，但也没有建设力。也就是说：你平庸，往往缺乏能量，对社会就不可能作出什么贡献。如果社会上人人都只求“不坏”，人人都是平庸之辈，得过且过，而不求上进，国家如何建设？社会如何发展？家庭生活的质量又如何能提高？个人又谈何进步？

特别是年轻的一代，作为祖国的未来，作为祖国的希望，要勇于担当，做人生的开拓者。因此，更要对平庸“Say no”（说不），从而奋发向上，努力争取，体现自己年轻的活力与价值！

百炼成钢

历尽艰辛将相出，
千锤百炼方成钢；
轻蔑挫折乃资粮，
仁兄应作如是观。

①“轻蔑”，小看、轻视的意思。
②“资粮”，战资、粮草。这里指成才的条件。

心语 此诗是我为一位失意的朋友而写，以此作劝勉与鼓励。

纵观古今，别说帝王国君，所有的诸侯将相，一样历尽各种艰辛与险阻，方能成就大业。人生本来就并非一帆风顺，当被人瞧不起或遇到挫折时，不要垂头丧气，畏难退缩。而是应该积极面对，加以克服，将困难当作一种锻炼，一种挑战，这才是正确的心态！这样，才能为成功积聚资粮！

你还在“恨子不成龙，恨女不成凤”或“恨铁不成钢”吗？其实，真正成才就必须——千锤百炼！

游　子

携一份
对亲人的
思念
踏足外国
圆一个团聚的梦
却破碎 另一个
坚守的信念
育我教我的
母亲
可曾知悉
游子的心悸
可曾获悉
异客的情结
何时方能 踏上
归宗的路
何时方能 重投
祖国的怀抱

此诗是弟弟移民外国，我送别之时所写。

1992年，我任职交通警察。当年，父母建议我移民外国与亲人团聚，但我委婉推辞。

后来，弟弟办理了移民。为弟弟送行时，我特意以“弟弟的身份”写下此诗，抒发我的情怀。

作恶自受

幼时成孤受诸苦，
纵欲从恶入歧途；
无间罪孽积聚多，
耄耋何能逃劫数。

①“孤”，无父母者为孤。
②“无间”，不停顿，指连续的意思。
③“耄耋”，高龄、高寿，指年龄很大的老人。
④“何能”，反问式，指怎么能够。

心语 莫以善小而不为，莫以恶小而为之。人行善，必有福；人作恶，祸虽未至，已不远矣。

许多年前，我经办一宗强奸案，案犯是一个从小丧父失母的孤儿，没有得到良好的教育，误入歧途。他中年因犯强奸罪被判刑 8 年；93 岁时仍因犯强奸妇女罪而被判刑 13 年，服刑到 103 岁，办理保外就医，才出牢房。

该人从小作恶多端，纵有高寿，也不能安享晚年。

真是：天理循环，报应不爽！

孟子曰：天作孽，犹可违。自作孽，不可活。

少年犯

孤儿偷窃历数次，
我今度你归正途；
天堂地狱隔一步，
改恶从善伏心魔。

“度”，同渡，指教育、引导。

心语　多年前，我经办一宗盗窃案，案犯是一个年仅9岁的在校学生，已盗窃多次。该学生家庭贫穷，父亲在其6岁时去世，母亲弃他而去，从此成了“孤儿”，后被其叔父收养，但疏于管教。

因怜其境况，我遂对其进行教育，并常到学校和家中访问，了解其学习、生活情况，适时给予经济上的救助。希望通过学校和社会的帮助，让他知道自己并没有被社会遗弃。后来，此学生悔过自新，树立信心，好好学习，走上正途。

人生放言

是非？真假？
是是是，是是非，是是是也是非，
真是真，真是假，真是真也是假。

是非——人类总是充满是非，充满矛盾。有人说竹子是空心的，没有真才实学，有人说竹子是虚心向上的；有人说水往低处流，有人说水总是把高处留给别人；有人说他诡计多端，有人说他足智多谋。在矛盾中发展，在发展中出现矛盾，这就是社会。只要我们善用矛盾，社会就能更好地发展。

接受是胜利的源泉——人生最大的愚蠢是对抗，对抗将注定失败。两个人打架，你打我一拳，我没有还手，我就只被打一拳；但我起来对抗，势必两军对垒，结果不管胜负，就算是我打赢了，我被打的也绝不少于一拳。

孔子站着看吕良瀑布，那水从三十仞高冲下，水流形成的旋涡很急，冲起的浪泡足有四十里远，没有一点披鳞带光的生物能够在此生存。

孔子看见一个老者跳了下去，孔子以为有人自杀，忙叫弟子去救。不一会，却见老者从数百步远的地方冒出头来走上岸，哼着歌。孔子想：此人一定是神仙。并追上前问：

“老人家，你是怎样战胜这急流的?”老者说：“我没有办法。我随着旋涡进入，任随水流将我冲出来，这样，我就能战胜它。”胜利源于接受，源于没有任何对抗。

敬畏是人格的根本——敬畏有道德有名望的人，就不会有放纵安逸、狂妄自作的想法；敬畏老百姓的人，就不会有豪强蛮横、欺凌霸道于乡里的恶名。如果一个人，心中没有任何的敬畏，没有任何的害怕，就会胆大包天，放纵自己的行为，置一切伦理道德与法纪不顾，势必毁灭自己，危害社会。

一见钟情——人人都认为一见钟情是不好的，那是片面的理解。所谓一见钟情，就是两人初次见面就钟情于对方。这表示喜欢对方，最起码不讨厌对方。这样，才有可能给机会自己，给机会对方，从而进一步培养双方的感情。那么，将一见钟情作为交友的基础，就是好的。

人生如戏——人生就是做戏，只是角色不同，演技就得靠自己。人生就是玩游戏，你要玩得好，就要遵守它的规则，你不按规则玩，全人类都不接受而排挤你。不管你当农民或当官，都是角色与分工问题，只有虚妄的区别，没有实质性不同。当一介尽道的农民，远比一个腐败的大官高尚得多。

自由意味责任——人类，特别是西方国家，时常高叫自由。其实何来自由？什么叫自由？没有别人的约束，何来你的自由？同样道理，没有你的约束，何来别人的自由？自由意味着要负责任。好比一个单位，领导安排你干什么你就干什么，只要做好就行，不用背负其他的责任；小孩靠人看管，他没有自由，故对任何事都不用负责任。随着他的长大，社会活力增强而他也越发自由，他就要对自己的一切行为负上相应的责任。

因此，所谓的自由与责任是相应的。你得到自认为的自由的同时，就必须承担相应的责任。

头脑是最愚蠢的东西——一只猴子见到一条蜈蚣，问："你长这么多的腿，而且行路很优美，究竟你哪一条腿先行?"蜈蚣就说："我也从来没想过，让我想想告诉你。"蜈蚣想了一下并试试，现在连它自己都动弹不得。它对猴子说："我给你弄糊涂了，我现在不知先迈哪一条腿了。"

头脑是世界上最愚蠢的东西，它接受了后天的诸多教育，被社会各种规则污染，从而精神分裂，使你不与自己对本性的认同而成为二分性。所以，做人不要被头脑瞒骗，它将是一种障碍，因为它不是你的本性。它从你生下来之后，就被社会塞满知识与教条，塞满了大人与老师认为最好的东西。只有心灵的美才是最美，才是永恒的。

头脑与心灵——头脑是愚蠢、自私的东西，只有心灵才是美好的。如果有人跌落河危及生命，此时你加入头脑，就会考虑自身安全及家人等，可能因考虑太多而不救人；如果你毫不考虑，出自本性、心灵行事，就会毫不犹豫舍身跳下去施予援手。

原始与科学——原始社会是人类的本性体现，是真正按需分配的社会。那时没有计较，没有斗争。随着人类的进化，科学的产生、建立、进步而污染，最终人类将被科学带回到原始。

诺与谔——众士之诺诺不如一士之谔谔。当你拥有一定的权势时，周围一定很多人奉承、赞许你，而你也得不到好的意见，听不到实话。如果此时，有人敢于对你进言，你应多加听取，认真分析。在高位时，远离诺诺之小人，亲近谔谔之大士。在低位时，莫做诺诺之小人，甘当谔谔之大士。

钱财身外物——钱财身外物，生不带来，死不带去。亚历山大大帝临死前，叫首相到床前说："我死后，将我双手放在棺材外面抬着过大街。"首相答："大帝，我不敢这样做，那是对你不尊。"亚历山大说："你一定要这样做。我要告诉全世界的人，我亚历山大拥有整个世界，但我死时也是两手空空的。"不要对钱财过于执着，拥有百亿身价，一天三餐，靠工资过活，也是一天三餐；银行存款多与少，只是数字游戏，能解决温饱应知足。

真实的本性——一个小孩被生下来时是真实的、自然的。他要哭就哭，要笑就笑，他饿了就吃，急了就撒。不用考虑别人对他的看法，无须考虑别人的感受，显示人的真实本性。随着他的长大，开始接受塑造，接受教育，遵守规范，学会区别这是好的，那是坏的。从而产生了分裂，远离本性。如果时常接触正能量，就能塑造一个好人；如果常以负面心态来待人，就变成坏人。

知足则仙——一个贪得无厌的人，给他金银，他又怨恨没珠宝；给他封侯爵，他又怨恨没封公爵。这样，一个拥有豪富权贵的人等于自愿沦为乞丐；一个知足的人，就算他吃粗食野菜，也比吃山珍海味要香甜；就算穿粗布棉袍，远比穿狐袄貂裘温暖。人类之所以烦恼而充满暴力，是因为被欲望支配。当他达到一个目标后，又重新设定一个更高、更远的目标，甚至不惜以暴力而达成。权贵、钱财身外物，不要贪得无厌，知足可比神仙。

感激是善良的本性——一个人懂得感激，他一定很多朋友，这人心地一定很善良。当有事求于人，别人给予帮忙，心中应存万二分感激；别人不予帮忙，也应给予万二分理解，不要心存怨恨。只有这样，才不惹人闲言，待到山水相逢之日，别人也心有感触。如果大家都懂得感激，相互之间就能和谐共处。

心境——一个谈恋爱的人，他把每个场所都看成是谈情的好地方。一个充满爱心的人，他看待任何事情都是好的，他所看到的都是事物好的一面。缺乏爱心的人，只看到别人的缺点，只看到事情坏的一面。其实，世间没有好与坏，只有不同的心境；世间没有错与对，只凭个人的想法而定。

一个老妇人，她有两个女婿，第一个捕鱼，第二个染布。这老妇人整天在发愁：天晴时第一个女婿捕不到鱼；雨天时第二个女婿没生意做。

后来有人告诉老妇：天晴时想着第二个女婿能做生意；雨天时想着第一个女婿能捕到鱼。从此，这老妇变得天天都很开心。

人生是否幸福，生活是否开心，家庭是否和睦，全在你

一念之间。

知识与智慧——文化知识，我们可以在书本上学到，可以在不同的书刊上学习而累积；智慧是学不来的，它是本性的开化，它是灵性的显现。

有的人很有文化知识，但不一定有智慧。知识可以制造物质，知识能帮助人们生活；智慧可以改造人生，智慧能帮助人生存。

谦虚是善良的体现——善良可以从很多地方表现出来。一个善良的人，他处处都很谦虚，他心底里从不认为自己聪明，从不认为自己有什么了不起。他充满自信，但不争强好胜；他能退让别人，但不气馁。谦虚使人进步，谦虚也是与人和睦共处的良方，谦虚更是善良的体现。

虚伪的人生——人生就是做戏。人们总是戴着各种面具：严肃的、讨好的、笑的、哭的、瞒着良心做坏事的、打开天窗说暗话的；想哭偏要笑、想骂偏要赞、想反对但要举手赞成。所有一切都以虚假面目示人，就是为着心里所怀的鬼胎，就是为达到自己的目的而丧失、丢弃本性。追根溯源，就是贪欲，一旦有了贪欲，必然会虚伪。

平凡与伟大——伟大由平凡积累而成。一个人只干了一件轰轰烈烈的大事或一件大好事，不足以说明他具有高尚的人格，更不能以此认定他的伟大。而是要从他的一言一行、一点一滴及平凡当中体现他超人的本质。所以，要社会长久肯定自己，必须规范并负责自己的一言一行。

平凡是伟大的基石，只有甘于平凡的人，才能成为伟人！

悟与误——每个人都有不同的际遇，也因此产生不同的人生观：熟知人情冷暖，读透世态炎凉，而悟得人生一点真谛，从而笑面善待人生；另一种人则认为运气不佳，缺乏机遇而心存不满，甚至对人或社会生出怨恨之心而误入邪途。

如果你还在“误”中，可能时常心存不满，人生也就悲观了，心态也就灰暗了；一旦你“悟”了，心态就阳光了，也就能笑面人生而幸福快乐了！

君子与小人——君子胸怀宽广，着眼远处、高处，注重细节而不含糊；小人心胸狭窄，自私自利，对眼前利益斤斤计较。君子能成大事并注重小节；小人难成大器但能坏大事。要成大事靠君子；要搞破坏，一小人足够。

生活与禅——生活中处处都充满禅理，只要你用善心去对待，保持一种观照，做一个旁观者，看着自己笑，看着自己哭，看着自己发怒……你就能在每一件小事、每一个小节中有所悟。反之，你一旦滚入社会的浊流，就只能做一个在社会上挣扎求存的凡人，只能是一个表演者并深陷烦恼当中。没有禅心的生活，快乐不会属于你。

价值取向——一位老妇退休时说：“我住了三十年的房子，终于完成了银行供款，这房子属于我了。”另一位老妇退休时说：“我积蓄了三十年，现在终于筹够钱买房了。”同样条件的两个人，其价值取向不同，而引出两种完全不同的结果。

目标与起点——上帝对流浪汉说：“你有什么要求？我

可以满足你。”流浪汉说：“我想有一些钱来做生意。”上帝答应了，并问还有什么要求。

“我做生意赚了钱，再扩大生意赚更多的钱。”流浪汉继续说，“当我赚了很多钱后，再做更大的生意，成为全世界最有钱的人。”

“成为全世界最有钱的人之后，你想怎样?”上帝追问。

“我拥有很多钱之后，就不用工作，喜欢到哪就到哪，可以无拘无束地生活。”流浪汉自豪地说。

“你现在不正是这样吗?”上帝反问流浪汉。

当你为金钱忙碌一世，追逐到最后，发觉原来已经拥有，目标就是原来的起点，原来一切都没有变。

善意的谎言——祖母临大去之期，喘着一点气息唠叨没给三个孙子留点钱。思前想后，去银行存入三十元，将存折交给祖母，说：“给你3 000元，分给三个孙子。”并指着存折上的三个零读：“个、十、百、千，3 000元（存折有角分）。”

祖母睁着昏花的老眼，接过这“3 000元”。这“3 000元”是祖母最后日子的最大欣慰。她于临终前叫我们到床前，将“3 000元”遗产分了，很安详地离开我们。

不要对钱财太过执着，拥有亿万家财，一天三餐；领工资过活，也是一天三餐，能解决温饱应知足。银行存款多少，只是数字游戏，你可以自认有千万存款。

快乐与痛苦——上帝指派两个灵魂转世为人，叫他们到跟前来，说：“你两个要转到世间做人，现在分别送给你们十份快乐和十份痛苦，如何使用就由你们各自安排，这也是你们各自的命运。”

第一个选择了富裕人家降生，从小不求上进，过着饭来张口、衣来伸手的无忧生活。中年时期，家道中落，无法面对困境而惨死了。

第二个选择了贫苦的农家降生，自小立志奋发，历尽艰辛，一直过着清贫的生活。后来，他凭自己的努力，成就了大业，过上幸福快乐的生活。

第一个人觉得不公平，去问上帝。上帝说：“我创造每个人都是公平的，我交给你们相同的快乐与痛苦，你们必须如数经历。所谓命运不同，是你们使用快乐与痛苦的方法不同所致。你很早就用光所有的快乐，剩下的就只有痛苦了。而第二个人，他先努力承受所有的痛苦，后来他就可以安享剩下的快乐了。”

“我也没有享受过什么快乐，而他也没有经历什么痛苦。为什么我十份快乐这么短暂，而他十份快乐可以这么长久？”第一个人还是觉得不公平。

上帝说：“你从小安适，不思进取，好逸恶劳。这些都是在消耗你的快乐，由于快乐的时光总是稍纵即逝，所以你觉得短暂。其实，你每天吃饱饭睡大觉、看戏游花街、生活铺张浪费、不务正业等等，就是在享受快乐、消耗快乐了。而第二个人，他天天努力学习，生活勤俭节约，工作认真，从不计较，其实，他就是在经历痛苦。所以，你们两人的结果就有了天壤之别。”

一份辛劳一份收获，一份快乐一份痛苦，贪图享乐而不求上进，只能在人生路途中乐尽生悲！

只要努力奋斗，历尽所有“痛苦”，自然可以安享剩下的“快乐”了！

痛苦与幸福——有人说“幸福”两人分享会加倍，而“痛苦”两人分担会减轻一半。这话不完全正确。幸福快乐，两人分享固然能加倍。痛苦，由两人分担就不一定能减轻一半了。当遇到困难时，当身体不适时，当遇到痛苦时，很多人都不会将痛苦告诉家人，特别是自己的爱人，为的就是不让他们伤心、担忧！因为谁都不想自己爱的人痛苦。所以说，在真爱里，幸福两人分享会加倍；而痛苦两人分担，也会加倍痛苦。

固然，痛苦时有人分担、帮助，也是能减少的。两种说法，只是角度不同，层次不同。

小事与大道理——将小事看成小事的是庸人；从小事当中看到小道理是聪明人；而从小事当中悟到大道理的则是智者。

儿子与女婿——中国人都认为养子防老，而女儿是养大了嫁人的，就有了“嫁出去的女儿，泼出去的水”之说。因此，儿子和女婿就有了不同概念。儿子赡养着老人家，令老人家能安享晚年，老人还嫌儿子这儿不好，那儿不足。老人认为，儿子做到一百分都是本分。但女婿一年到头都来不了几次，只要送上一点小小的心意，老人家就笑逐颜开，认为自己的女婿是好人，很孝顺，老人认为女婿能做到五十分就很好了，因为那不是他的本分。所以，在老人心中，有一百分的女婿，而没有合格的儿子。

心语 每个人都有自己人生的经历，也有自己人生的感悟。只要我们在生活中，用正确的态度对待各种人和事，并从中吸取正能量和接地气，你的人格就能提升，你的生活质量也自然提升。

庆国庆

六十华诞，举国同庆；忆苦自强，思甜奋发。
追忆往昔，国难当前；共产党人，临危受命。
带领人民，八年抗战；抛颅洒血，终成大业。
三十年前，大地春雷；改革开放，民富国强。
蓝盾卫士，日夜守护；默默奉献，忠诚警魂。
警民和谐，亲如一家；鱼水之融，尽露欢颜。
更逢甲子，盛世年华；炎黄子孙，普天同乐。

庆华诞

六十华诞展新篇，
改革开放庆太平；
蓝盾忠诚心不变，
警民和谐鱼水情。

奉　献

忙碌一天，工作向前；

耕耘一年，默默奉献；
一生无名，忠诚不变。

祖国和谐

望山河，心血澎湃华夏今非昔比；
携内外，万众同心祖国和谐统一。

忠 诚

爱的奉献，那是警察不变的信念；
情的守护，那是卫士忠诚的本职。

心的无私，那是警察言行的定格；
诚的勇敢，那是卫士誓言的呐喊。

心语 共和国六十华诞时所写，体现爱国情怀和对职业的忠诚，希望传递一种正能量。

《乡音侨情》歌词

小时候，我问妈妈，什么叫侨乡？

妈妈指着漫天的星星，说那是无数双眨动的眼睛。

长大了，我问妈妈，是否想家乡？

妈妈拿出发黄的相片，说里面写着她从前的记忆。

妈妈问我，可曾记起儿时的欢笑？

妈妈问我，可曾记起家乡的麦浪？

啊……台山的排球场上铺满我儿时的雀跃；

啊……侨乡的稻田盛产那大米哺育我成长。

小时候，我问妈妈，什么叫小康？

妈妈指着东方的天空，说那上面有着美丽的传说。

长大后，我问妈妈，是否回家乡？

妈妈拿出回乡的机票，说里面载着她多年的梦想。

妈妈问我，可曾知道台山的发展？

妈妈问我，可曾知道侨乡的巨变？
啊……台山的广东音乐奏响那建设的乐章；
啊……侨乡的海产渔业那丰收甜润我心头。

啊……台山的硕大能源照亮那光明的前程；
啊……侨乡的高速公路通达那富裕的生活。

心语 台山有着一百二十多万华侨分布在世界各地，而华侨对家乡的帮助，对家乡的眷恋，从没改变。我有感而写下此歌词。后交台山音乐家协会配曲。

《台山警察之歌》歌词

有一种爱叫奉献，
那是台山人民警察不变的信念；
有一种情叫守护，
那是侨乡人民卫士忠诚的本职。

有一种心叫无私，
那是台山人民警察言行的定格；
有一种诚叫勇敢，
那是侨乡人民卫士誓言的呐喊。

啊……台山警察无私奉献，
用青春谱写平安吉祥的新华篇；
啊……侨乡卫士勇敢守护，
用热血铸就安居乐业的坦途。

有一个家叫温暖，
那是台山人民警察保护的家园；
有一群人叫警察，

那是侨乡和谐社会整齐的步伐。

啊……台山警察政治建警，
他无比忠诚报效国家保护人民；
啊……侨乡公安科技强警，
他业精技强开拓向前展示新颜。

（重复）
啊……台山警察政治建警，
他无比忠诚报效国家保护人民；
啊……侨乡公安科技强警，
他业精技强开拓向前展示新颜。
展示……新颜……

《侨乡交警之歌》歌词

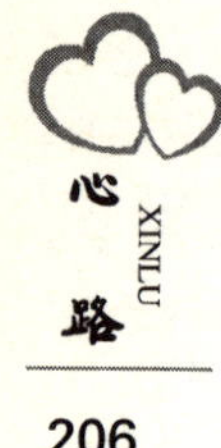

道路很长很宽，由昨日的小城通往今天的都市；

交警很忙很累，将昨日的零乱梳成今天的平安。

人民警察有一颗忠心，保驾护航建新功；

祖国南方有一颗明珠，侨乡发展新崛起。

一个个交警的身影，烙下侨乡发展的步伐；

一声声交警的银哨，奏出都市平安的乐章；

一道道交警的挥臂，划成宁城瑰丽的彩虹。

啊……台山的人民警察，燃点心中那仅有的青春，谱写一段段平安吉祥，平安吉祥的篇章；

啊……侨乡的人民卫士，洒尽满身那沸腾的热血，铸造一座座和谐社会，和谐社会的丰碑。

道路很明很亮，从妻儿的小家走向社会的大家；

交警很忠很诚，用家庭的温暖换成人民的欢笑。

侨乡交警有一个中心，三个代表是宗旨；
人民卫士有一个明示，五条禁令永牢记。

一滴滴交警的汗水，滋润侨乡人民的心窝；
一片片交警的真情，传颂都市鱼水的融意；
一段段交警的故事，演绎平凡人生的辉煌。

啊……台山的人民警察，燃点心中那仅有的青春，谱写一段段平安吉祥，平安吉祥的篇章；

啊……侨乡的人民卫士，洒尽满身那沸腾的热血，铸造一座座和谐社会，和谐社会的丰碑。

啊……台山的人民警察，燃点心中那仅有的青春，谱写一段段平安吉祥，平安吉祥的篇章；

啊……侨乡的人民卫士，洒尽满身那沸腾

的热血，铸造一座座和谐社会，和谐社会的丰碑。

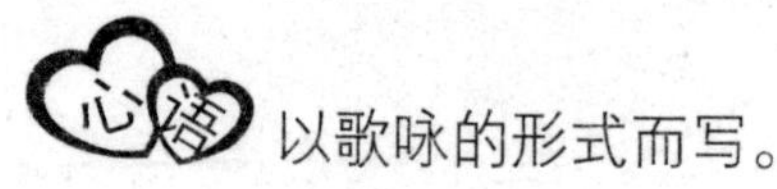

以歌咏的形式而写。

《欢迎你到侨乡来》歌词

（台山话唱）
嗳……台山水靓人靓环境靓哩
大人三抿喜洋洋
城市乡村面貌变
欢迎你到侨乡来哩

（普通话唱第一段）
如今赶上新时代
幸福的生活笑颜开
侨乡风景多姿彩
欢迎你到侨乡来 嗳

南海明珠数川岛
阳光沙滩抒情怀
峡谷漂流显豪情
越野探险原生态
温泉 飘雪更怡情
华侨建筑更气派
来来来啦来 来来来啦来

侨乡风景多姿彩
欢迎你到侨乡来 侨乡来

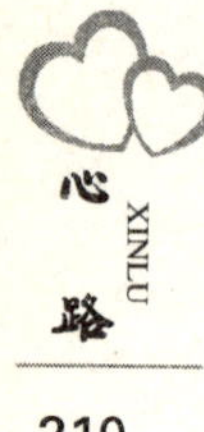

（普通话唱第二段）
如今赶上新时代
幸福的生活笑颜开
侨乡风景多姿彩
欢迎你到侨乡来 嗳

广东音乐动情怀
民歌小调逗人爱
浮石飘色更神奇
海侨歌舞显风采

海鲜美食任品尝
水陆交通无障碍
来来来啦来 来来来啦来
侨乡风景多姿彩
欢迎你到侨乡来 侨乡来

（台山话唱）
嗳……侨乡儿女真豪爽哩
欢迎你到侨乡来哩……

《台山颂——让我告诉你》歌词

在祖国的南海之滨，
有一颗璀璨的明珠，
它的名字叫台山。
让我告诉你，
它还有一个响亮的名字叫第一侨乡！

啊……啊……你看那万亩良田麦浪闪金光，
丰收年年五谷满仓奔呀奔小康；
啊……啊……你看那海内海外有两个台山，
齐心合力共谋发展建呀建家园。

（台山话白）

排球之乡多健将，古今中外美名扬；

第一侨乡新气象，安居乐业喜洋洋，喜、洋、洋！

（二段台山话白）

台山旅游资源非常广，漂流、温泉、川岛真系爽；

侨乡文化遗产遍四方，洋楼、飘色、音乐响当当，响、当、当。

在开放的改革前沿，
有一群华夏的儿女，
他们（的）家园是台山。
让我告诉你，
它还有一个骄傲的名字叫排球之乡！

啊……啊……你看那高速公路穿梭八方车，
古有铁路今朝高速变呀变坦途；
啊……啊……你看那风火核电发展大能源，
工业致富生活大步奔呀奔向前。

啊……啊……你看那高速公路穿梭八方车，
古有铁路今朝高速变呀变坦途；
啊……啊……你看那风火核电发展大能源，
工业致富生活大步奔呀奔向前。

啊……啊……台山向前、台山向前谱呀谱新篇……

嘿！（铿锵有力，短声收尾）

《农家情歌》歌词

太阳从那坡爬呀爬上来，
阿哥从这厢早呀早起来，
早起来，早起来，
起来就把那农活忙开来。

阿妹问问亲哥哥，
你早起忙呀忙什么？
哥哥告诉好妹妹，
春天到来忙着把那种子栽，
秋天到来就能把那幸福摘呀摘回来。

太阳从那边落呀落下去，
阿妹从那厢赶呀赶回家，
赶回家，赶回家，
回家要把那哥哥等回来。

阿哥问问好妹妹，
你回家呀赶呀赶什么？
妹妹告诉亲哥哥，

早上起来忙着把那家务干，
晚上回来就能把那心扉敞呀敞开来。

阿哥心里猜明白，
哥哥我乐呀乐开怀，
阿妹心中更明白，
妹妹我甜呀甜心窝，
阿哥阿妹生活美呀美起来，美起来、美起来！

心语 以上歌词皆交由台山音乐家协会作曲，其中《欢迎你到侨乡来》、《台山颂——让我告诉你》曾获台山“黄浩川文艺奖”音乐类一等奖。

上述歌曲皆由男高音歌唱家、广东省音乐家协会会员、台山市音乐家协会会长、台山知名实业家陈炎宏先生演唱。

后　记

本文集的出版，缘于我的上级领导、同事以及朋友们的支持与鼓励，特别是曾经任职地方报社的陈灿富兄，之前多次帮助刊发我的拙作，鼓励我出书，并为此书作序。此外，陈炎宏、朱栓沅、朱卫忠、陈定斌、林劲、李冠平、陈妙霞、李焕强、马育民、林丹彤等众多的好朋友，对此文集的付印出版给予莫大的帮助，在此表示衷心感谢！

本文集即将定稿之时，在香港任职警官的好朋友陈 sir 问我："《心路》是你个人的作品，'警察故事'篇幅是否过多？中国警察是否真的如你所写？是否在于单纯的宣传？"

我笑笑回答他："《心路》是我个人的文集。收录的就是自己'心的历程'，范围固然包含感情、家庭、社交等方面。而我三十年来的警察生涯，占据人生大部分时间，'警察故事'理所当然属于'我的历程'。"

本文集共收录文章 81 篇，其中 35 篇传递着警察形象以及正能量。为数不少，但绝不过多。犹如灿富兄所寄语："希望作者在今后的日子里，特别在塑造'警察形象'方面多下些功夫！"关于警察故事，在未来的日子里，我会尽最大努力，塑造出更多反映"中国警察"正能量的作品来！

对于陈 sir 的第二个疑问，我毫不含糊地说："香港警察无疑是一支优秀的纪律部队，而中国内地警察同样是一支优

秀的‘人民警察’团队，其性质与其他国家和地区警察有同也有所不同，其所担负的任务在于‘服务人民’！比如：对国家，对党和人民的忠诚；在危难面前的英勇与无畏；在履行人民警察的天职与责任和服务群众等方面，都能真诚地体现出来。”我继而对他说：“至于文集写到的人与事，也许只是反映出一个个普通警察的平凡之事，也只是庞大的警察队伍的一个缩影，我希望尽量以小见大，反映出我们这个警察团队的形象吧！其实，文集所写的人与事，绝大部分警察都在这样做着。当然，更具先进性、代表性的大有人在，他们的事迹其实比我文集里面反映的更加动人、感人！所以，并没有宣传成分，更没有夸张。真实的写照，恰恰在这一个个普通警察身上体现。”

不过，我明白陈 sir 心中的疑问。中国警察队伍庞大，出现极个别缺乏信念或违法乱纪的人，不足为奇。俗话说：树大有枯枝，族大有乞儿。而我们的警察队伍，总体是好的、优秀的，绝大部分警察素质是过硬的。

此书收录的内容，算是我走过的一段人生之路和心的历程，如果能为读者朋友们奉献一点个人的感悟，我也就很欣慰了！如果文中存在欠缺，还望海涵！应该说，《心路》仅仅是一介平民、一介业障凡夫写出的，虽然平凡，但表达出我心中的一份真诚。能作如是观，乃我之幸！